www.mayabooks.co.kr

www.mayabooks.co.kr

광전사가 죽지 않아!

광전사가 ❽ 죽지 않아!

지은이 | 누워서보자
펴낸이 | 권순남
펴낸곳 | (주)마야·마루출판사

등록 | 2008. 1. 7(제310-2008-00001호)

초판 인쇄 | 2019. 9. 9
초판 발행 | 2019. 9. 16

주소 | 서울시 노원구 상계 1동 1049-25 신영산업 BD 602호
대표전화 | 02-2091-0291
팩스 | 02-2091-0290
이메일 | marubooks@hanmail.net

ISBN | 978-89-280-9326-7(세트) / 978-89-280-5839-6
정가 | 8,000원

잘못된 책은 교환하여 드립니다.
저자와 협의하여 인지를 붙이지 않습니다.

「이 도서의 국립중앙도서관 출판시도서목록(CIP)은 서지정보유통지원시스템 홈페이지(http://seoji.nl.go.kr)와 국가자료공동목록시스템(http://www.nl.go.kr/kolisnet)에서 이용하실 수 있습니다.」
(CIP제어번호:CIP2019033195)

광전사가 죽지 않아! ⑧

MAYA&MARU GAME FANTASY STORY
누워서보자 게임 판타지 장편소설

마야&마루

✣ 목차 ✣

제56장. 거래 ···007

제57장. 신화 ···037

제58장. 압도적인 힘 ···133

제59장. 혼돈의 아이 ···163

제60장. 오랜만이네 ···191

제61장. 탈출 ···235

제62장. 대이변 ···279

광전사가 죽지 않아!

제56장

거래

 두 사람이 웃는 이유를 모르겠다.
 그들의 힘은 아틀란티스에서 통하다 못해 본대륙에서처럼 절대자로 군림할 수 있는 수준이다.
 하지만 아틀란티스는 고작 힘으로만 어떻게 할 수 있는 곳이 아니었다.
 가장 먼저 아크렐리온.
 그 강대한 마룡이 저 두 사람을 넘어가게 했을 리가 없다.
 팔왕이라곤 하나 내가 알기로 전투력 자체는 아크렐리온이 훨씬 위였다.
 가장 강하다고 일컬어지는 '투왕'이 아니고선 아크렐리온을 뚫고 관문을 넘는 건 불가능했다.

두 번째로 아틀란티스에도 팔왕과 견줄 수 있는 초강자들이 몇 있었다.

'수호자'라고 불리는 이들인데, 그들이라면 팔왕의 침입을 눈치채지 못했을 리가 없다.

세 번째로 '신'들이 있었다.

인간계엔 간섭하지 않지만 신에 필적하는 힘을 지닌 팔왕을 놔두기엔 인과율이 허락하지 않을 터.

물론 아틀란티스를 수호하는 자들이 무너졌을 때 움직이겠지만 팔왕 입장에선 충분히 위협적이었다.

그런 리스크를 안고 두 팔왕은 아틀란티스로 넘어왔다.

나를 만나기 위해서.

"이유를 모르겠습니다만. 당장 아크렐리온이 당신들을 찾고 있지 않을까요? 수호자들도 무조건 움직였을 텐데요."

"그건 네가 걱정할 문제가 아니니라."

"당신들이 절 찾아온 이상 문제가 되는데요……."

수호자의 수가 팔왕보다 적다고 하나 팔왕의 최약체인 권왕이나 사왕조차도 어쩌지 못하는 나였다.

그들과 접촉했다는 걸 알면 무슨 짓을 해서든 날 찾으려 할 터였다.

"네가 한 말을 그대로 돌려줄게."

사왕이 싱그럽게 웃으며 말했다.

"무슨 말입니까?"

"그 3개의 이유 때문에 우리가 아틀란티스에 오지 못한다고 했잖아."

"음……. 오지 못한다기보다는 감수해야 할 리스크가 너무 크단 거였죠."

"그 말이 그 말 아니야?"

"어……. 그런 것도 같네요."

"어이없는 자식이네."

사왕이 싱그러운 얼굴을 구겼다.

내가 생각해도 방금 건 조금 말장난 같았다. 사왕이 다혈질이었다면 한 대 후려쳤을 수도 있겠다.

그리 생각하니 살짝 오싹해지는걸?

"아무튼."

고개를 저은 사왕이 재차 입을 연다.

뱀처럼 세로로 갈라진 동공이 나를 주시한다.

"그 세 가지 이유가 해결된다면?"

"이곳에 있을 수 있겠……. 설마…….."

"설마가 맞다."

흑왕이 시커먼 기운을 풀풀 흘리며 대답했다.

아니, 저 양반은 왜 아까부터 계속 기운을 흘리고 있는 거야? 기분 나쁘게.

그보다 설마가 맞다는 건 리스크를 해소했다는 말인가?

내가 의심스러운 표정을 짓자 사왕이 첨언했다.

"서로 윈윈이라는 거지. 우리 쪽의 문제가 해결되지 않으면 아틀란티스에도 영향이 가니까."

"대체 무슨 문제기에 두 대륙이······."

아니, 그걸 떠나서 대륙 간에 합심해야 할 정도의 문제라면 내가 껴들 구석이 없잖아.

그들이 왜 나를 찾는지 도저히 이해가 안 갔다.

그런 의문을 이해한다는 듯 흑왕이 말했다.

"이해가 안 가겠지. 아틀란티스의 괴물들이 허락할 정도의 일에 대체 왜 나를 찾는지, 의문이 들겠지."

"잘 알고 계시네요."

"사실 창왕의 말이 아니었다면 우리도 널 찾지 않았을 터."

창왕이 왜 여기서 나와?

그 성격 나쁜 노인네의 얼굴을 떠올리니 기분이 또 확 상한다.

그렇다고 노골적으로 창왕을 힐난할 수는 없는 노릇이니 최대한 단어를 순화해서 말했다.

"창왕 그 늙······. 노인네가 저에 대해 무슨 말을 했기에······."

"그것도 단어 순화라고 한 건가? 어처구니가 없는 아해로다. 하하하하!"

"푸하하! 창왕보고 노인네라고 하는 녀석은 또 처음 봐."

흑왕과 사왕이 저들끼리 쳐다보며 껄껄 웃었다.

나는 팔짱을 낀 채 그들이 웃음을 그칠 때까지 가만히 있었다.

　사왕이 흐르는 눈물을 닦았다. 그녀는 아직도 웃긴지 배를 붙잡은 채 어깨를 들썩였다.

　"창왕이 아주 싸가지 없는 놈이라고 했는데, 진짜였네. 마음에 들어. 응, 마음에 들어."

　"동의한다."

　흑왕이 검은 안광을 번들거리며 대꾸한다.

　이 사람들 진짜 무섭게 왜 이러는 거야?

　"영양가 없는 대화는 그만하고, 그 문제가 뭔지나 들어봅시다. 일단 뭔지 알아야 저도 마음의 준비를 하든, 도망치든 하지 않겠습니까?"

　"도망칠 수 있을 것 같으냐?"

　"모험가는 어떤 방식으로든 도망칠 수 있으니까 걱정하지 마시고."

　"허허! 오만방자한 놈. 좋다. 얘기해 주지."

　흑왕이 한 걸음 내딛자 입고 있던 복장이 불타며 새까만 도복 차림이 되었다.

　저것이 흑왕의 본모습이었다.

　전생에도 몇 번 봤기 때문에 놀라지 않았다.

　사왕은 그대로였는데, 그게 그녀의 본모습이다. 아까 전의 뱀이 변신한 모습이었다.

　"우리에게 걸린 저주를 풀어야 한다."

"…저주?"

"그래, 저주. 나랑 흑왕은 지금 아주 위험한 저주에 걸려 있거든. 그걸 풀려면 너의 도움이 필요해, 알딘."

사왕이 귀엽게 웃었다.

저주에 걸린 주제에 표정은 참 밝다.

그런데 팔왕이 저주에 걸리다니. 내 머리로는 이해할 수 없었다.

8년이란 시간 동안 홀리 가디언을 플레이하면서 여러 팔왕과 얽혔다.

그들의 몸은 쇠붙이가 박히지 않고, 독이 통하지 않으며, 추위와 더위를 느끼지 않는다.

저주에 대한 면역도 아주 뛰어나 최상급 흑마법사가 휘두른 저주조차 그들을 어쩌지 못했다.

같은 팔왕이 아니라면 그들에겐 적수가 없었다.

그런 자들이 저주에 걸렸다고 한다.

"대체 무슨 저주인 겁니까? 팔왕은 인간계에서 대적할 수 있는 자가 같은 수준의 초월자들을 제외하면 없을 텐데……."

"당연한 소리를 하네. 같은 팔왕이라도 우리에게 저주를 걸 수 없어. 그 악랄한 마도왕이 수십 년에 걸쳐 함정을 판다면 또 모를까."

사왕이 코를 파며 말했다.

옆에 선 흑왕이 더럽다며 그녀의 손등을 치자 울상을 지으며 드레스에 손가락을 비볐다.

흑왕은 고개를 절레절레 저으며 다시 내게 시선을 옮겼다.

"신화시대의 저주였다."

"예?"

"귀가 먹었는가?"

흑왕이 한쪽 눈썹을 치켜들며 꾸짖었다.

나는 머쓱하게 뒷머리를 긁적였다.

"그보다 신화시대의 저주라니요? 대체 그런 걸 어디서 얻었단 말입니까?"

"레바테인의 협곡."

레바테인!

나보다 그 이름이 익숙한 사람은 단언컨대 존재하지 않을 것이다.

북유럽 신화에서 모티브를 따온 그것은 끔찍한 겁화를 머금은 재앙이었다.

그리고 일곱 번째 메인 스트림을 장식한 최종 보스이기도 했다.

전신이 신화의 불로 이루어졌고, 다섯 쌍의 날개는 지상을 모조리 불태우며, 길게 뻗은 주둥이에서 뿜어져 나오는 화염은 세계를 멸한다.

태양을 빚어낸 듯한 거대한 불새.

그것이 바로 레바테인이었다.

놈은 여덟 번째 메인 스트림에서 마계가 열리는 원인이기도 했다.

"꼴을 보니 아는 눈친데?"

"예상대로군."

예상대로라는 건 내가 레바테인에 대해 알 거라 생각했단 건가?

그들은 내가 회귀자인 걸 모른다.

내 행보가 신화시대의 발자취를 쫓는 것도 아니었다.

그들이 알 수 있는 방법은 전혀 없었다.

"어떻게 알았냐는 듯한 눈초리로구나."

"정확하십니다."

"간단하다. 네 전인이 신화시대의 초월자잖나."

"아……."

오델론이 있었구나.

그들은 창왕에게 나에 대해 들었다고 말했다.

그렇다면 내가 알고 있다는 걸 충분히 예상할 수 있었다.

'알게 된 경위가 전혀 다르긴 하지만.'

오델론은 레바테인에 관해서 일언반구도 한 적 없었다.

모든 건 내 전생의 기억을 통한 정보일 뿐이다.

하지만 굳이 오해를 풀 필요가 없었다.

"맞습니다. 오델론에게 들었습니다. 겁화를 흩뿌리는 괴조에 대해서 말이죠."

[오델론이 당신을 주시합니다.]

갑작스러운 알림음에 어깨를 움찔했다.

이 스토커 같은 양반.

이번에도 지켜보고 있었다.

아니, 지켜보는 건 전부터 알고 있었는데 반신격이 되면서부터 좀 노골적으로 변했다.

내가 찝찝한 얼굴을 하자 사왕이 이유를 묻는다.

"왜 똥 씹은 얼굴을 해?"

오델론의 메시지는 내게만 보이니 그들이 볼 땐 갑자기 불편한 얼굴을 하는 것 같을 거다.

실제로 불편하긴 했지만 대상이 달랐다.

"아닙니다. 그냥 옛날 생각이 나서요."

"그렇구나."

"하던 얘기나 계속하지. 우린 레바테인의 협곡에서 불의 저주에 걸리고 말았다. 우리조차 어쩌지 못한 강력한 신화시대의 저주였다."

흑왕이 눈을 감자 사왕이 따라 감았다.

갑자기 왜 눈을 감나 싶은 순간-

"크아아악!"

저물어 가는 석양이 떨어지듯 세상이 샛노란 빛으로 집어삼켜졌다.

모든 것을 녹일 듯한 초고열이었다.

피부가 새까맣게 타들어 가며, 걸치고 있는 모든 것이 녹아내리기 시작했다.

급히 가지고 있는 모든 힘을 일으켰다.

역부족이었다.

"크으으으!"

신력, 마력 할 것 없이 초고열에 모조리 소멸했다.

버티는 것조차 불가능하다.

샛노란 세상에 거대한 눈이 떠졌다.

붉은색으로 이글거리는 눈은 오래전 보았던 괴조의 그것이었다.

그리고 세상이 흔적도 없이 파멸했다.

[오델론이 당신에게 정신 차리라고 경고합니다.]

"헉!"

손발은 물론 머리에서 땀이 비 오듯 쏟아졌다.

등은 이미 축축하게 적셔졌고, 목을 타고 흐르는 땀은 수돗물을 튼 것만 같다.

몸이 크게 긴장했는지 오감이 예리하게 활성화됐다.

나는 주변을 보았다.

샛노란 세상은 어디에도 보이지 않았다.

모든 걸 집어삼키던 열기도, 허공에 떠오른 괴조의 눈도 보이지 않았다.

"보았는가?"

"무기력했지?"

"…방금 그건?"

내가 알던 레바테인의 힘은 이 정도가 아니었다.

분명 강했지만 수많은 유저들이 힘을 합쳐 쓰러트릴 정도였다.

하지만 방금 그건 당시의 유저들이 수백 명 모여도 즉사를 면치 못했을 것이다.

"레바테인이 신화시대를 불태우던 시절의 환상이라네."

"응. 완전했던 불의 괴조. 수많은 신들을 몰살시키고, 영웅들을 불태워 죽이던 시절의 환상."

즉, 레바테인의 전성기가 환상으로 나타난 것이다.

어쩐지 내가 알던 레바테인과는 그 힘이 차원이 달랐다.

고작이라고 할 수 없지만 산을 증발시키던 레바테인과 세상을 증발시키던 레바테인은 전혀 다른 괴물이었다.

"당신들이 걸린 저주라는 건 설마……."

"앞으로 일주일. 그 안에 저주를 해결하지 못한다면."

"우리로 하여금 레바테인이 부활하게 돼. 2명의 팔왕을 제물로 하여금."

이런 X발.

이것도 나비효과인가?

그럴 가능성이 높지만 아닐 가능성도 비슷하다.

흑왕과 사왕이 원래 저주에 걸렸고, 다른 플레이어가 저주를 풀어 줬을 가능성도 있는 거니까.

그게 내게 온 건 나비효과라고 할 수 있겠지만.

문제는 어떻게 풀어 주느냐다.

"미치겠군."

나는 두 팔왕에게 양해를 구하고 잠시 혼자만의 시간을 가지고 있었다.

완전한 레바테인이 현 세계에 강림한다면 세상은 반드시 멸망할 것이다.

운영진이 그걸 두고 볼지는 모르겠다. 아마 두고 볼 것 같긴 한데, 너무 심각해진다면 나서겠지.

'이러나저러나 내 손에 달렸다는 거잖아.'

생각해 보면 일곱 번째 메인 스트림에서 레바테인은 강대한 마법사를 제물 삼아 강림했다.

그런데도 숨결로 산 하나를 증발시켰다.

절대 환상에서 본 광경이 실현되게 둬서는 안 된다.

"그래. 이왕 이렇게 된 거 보상이나 잔뜩 받자고."

억울해서라도 안 되겠다.

그들이 어떻게 나올지는 모르겠지만 어차피 절벽에 몰린 상황.

자리에서 일어나 흑왕과 사왕에게 갔다.
두 사람은 조용히 나를 기다리고 있었다.
"고민은 끝났는가?"
"조건이 있습니다."
"조건?"
고개를 끄덕였다.
"네, 조건. 창왕의 소개로 절 찾아왔다고 했죠?"
"그렇네."
"그렇다면 창왕의 부탁을 들어준 조건으로 저한테 뭘 선물해 줬는지 잘 아시겠군요."
"호오……."
"거래야?"
흑왕이 재밌다는 듯 웃었고, 사왕은 뱀눈을 뜬 채 낮게 깐 목소리로 물었다.
그 말투가 제법 오싹했지만, 어차피 레바테인이 강림하면 모든 게 말짱 도루묵이 된다.
"네, 거랩니다. 제가 당신들의 저주를 해결한다면."
"해결한다면?"
"해결하면?"
두 팔왕이 동시에 묻는다.
나는 호흡을 가다듬고 한 글자씩 또박또박 말했다.
"당신들이 가진 초월급 스킬, 혹은 그에 준하는 기물(奇物)

을 각각 3개씩 주십쇼."

그들의 눈매가 매섭게 가늘어졌다.

흑왕이 입을 열었다.

"다시 한 번 말하라."

흑왕의 분위기가 급격히 나빠졌다.

두 눈은 이미 칠흑으로 물들었고, 기어 나오는 검은 기운은 늪처럼 바닥을 적셨다.

사왕 또한 마찬가지였다.

뱀의 피부를 일으키고, 세로로 찢어진 동공을 번들거리는 그녀는 포식자의 힘을 여실히 뿜냈다.

인세의 절대자라고 칭해도 좋을 두 사람이 나를 압박한다.

하지만 나는 굴할 생각이 없었다.

"당신들이 가진 초월급 스킬, 혹은 그에 준하는 기물(奇物)을 각각 3개씩 주십쇼."

전생에 나는 흑왕과 사왕을 실제로 겪었다.

그들과 힘을 합쳐 퀘스트를 해결한 적도 있었고, 때론 적이 되어 검을 부딪친 적도 있었다.

그들의 힘이 얼마나 난폭하고, 강력하고, 끔찍한지도 알았다.

지금의 나 따윈 처리하는 데 1분도 걸리지 않을 터.
그럼에도 나는 당당했다.
"당신들이 직접 절 찾아왔다는 건 저 말고는 해결할 수 있는 사람이 없다는 뜻이겠죠? 아니, 찾는다면 있겠지만 가장 가능성 있는 사람이 저이기 때문이잖아요."
두 사람은 말없이 나를 보았다.
계속해서 말을 이었다.
"그럼 합당한 대가를 치르십시오. 수지 타산이 맞으면 전력을 다해 도와드릴 테니까."
팔왕을 아는 사람이 있다면 나보고 미쳤다고 해도 전혀 이상하지 않았다.
협박에 가까운 거래.
흑왕이 이를 드러내며 웃었다.
"크크큭!"
어둠이 흑왕의 몸속으로 빨려 들어갔다.
검은 눈이 원래대로 돌아왔다.
"배짱 한번 두둑한 놈이로다."
"모험가라 그런가?"
사왕이 순수한 눈망울로 고개를 갸웃거렸다.
흑왕이 그럴 수도 있겠다고 대답했다.
나는 등이 땀으로 흠뻑 젖었지만 내색하지 않았다.
그저 속으로 안도할 뿐이었다.

거래 • 23

'와, 다행이다. 안 죽었네.'

까놓고 80퍼센트 정도는 죽었다고 생각했다.

그들의 분위기가 너무 안 좋았다.

특히 기운을 줄기차게 뿜어내던 흑왕과 달리 사왕은 말없이 나를 응시했다.

그게 더 무서웠다.

나를 죽인다면 그건 흑왕이 아니라 사왕일 거라고 확신했을 정도로.

"대신."

그때 흑왕이 입을 열었다.

정신을 차리고 그의 말에 귀를 기울였다.

"실패한다면 넌 그만큼의 대가를 치를 거다."

"어차피 실패하면 레바테인이 강림하고, 세상은 멸망합니다."

"멸망하진 않는다. 커다란 타격을 입을 뿐. 그리고 넌 죽어도 되살아나는 모험가 아니던가?"

"……."

"그게 아니면 멸망을 핑계로 거래의 리스크를 짊어지지 않을 셈이었나?"

흑왕이 예리하게 내 생각을 짚어 냈다.

세계 멸망을 어필해서 내가 가질 리스크는 없애려고 했는데.

물론 겉으로 티를 내진 않았다.

그 정도로 아마추어는 아니다.

"에이, 설마요. 그리고 모험가가 죽음에서 자유롭긴 하다지만 레바테인이 강림하면 지금 수준으론 끝이나 다름없으니 드린 말씀이에요."

"평계가 좋군."

"그렇게 말씀하시면 할 말은 없습니다만. 하하!"

마지막 웃음소리가 조금 어색했나?

흑왕이 피식 웃었다.

사왕은 이번에도 무표정한 얼굴로 나를 지켜보고 있었다.

할 말이 있으면 그냥 하지, 왜 무섭게 자꾸 저렇게 보는 거야?

'엄청 부담스럽네.'

"아무튼 네가 원하는 걸 말했으니 이번엔 우리 차례로군."

"…말씀하십쇼."

"우린……."

"만약 실패하면 장담할게. '팔왕의 언약'에 따라 너희 모험가들은 팔왕에 의해 영원히 고통받을 거야."

"어이!"

말을 끊고 들어온 사왕의 충격 발언에 흑왕은 경악한 얼굴이 되었다.

나 역시 마찬가지였다.

'팔왕의 언약'을 꺼낼 거라곤 생각지도 못했다.
일이 생각보다 심각하게 커져 버렸다.
흑왕의 반응만 봐도 얼마나 X 됐는지 체감할 수 있었다.
"사왕! 발언을 철회하라! 아직 늦지 않았다."
"싫어."
사왕이 새침하게 고개를 돌렸다.
흑왕은 물러날 생각이 없는지 미간을 좁혔다.
"우리들이 언약을 맺을 때를 잊었는가?"
"꼭 필요한 순간이 아니라면 절대 엄금. 기억하고 있어."
"그런데 고작 이런 거래 따위에……."
"뭐 어때? 어차피 실패하면 우리도 끝나는 거잖아. 그리고 쟤, 생각보다 건방져. 말을 함부로 뱉으면 안 된다는 걸 배울 필요가 있어."
사왕은 뱀의 눈을 번뜩였다.
차가운 목소리에 소름이 돋았다.
"그렇다 한들……."
흑왕은 여전히 탐탁지 않은 모양새였다.
나 역시 마찬가지였다.
'빌어먹을! 무조건 성공해야 하는 이유가 생겨 버렸잖아?'
'팔왕의 언약'은 귓등으로 조금 들은 적 있었다.
말 그대로 팔왕 전원이 한데 모여 맺은 말의 약속이었다.
무엇에 대한 약속인지는 모르겠지만, 팔왕 한 명씩 단 하나의 권한이 주어졌다.

 권한이란 모든 팔왕을 자신의 뜻에 따라 움직이게 만들 수 있는 것이었다.

 그리고 사왕은 그 권한을 사용하여 내가 실패할 시 팔왕을 이용해 모든 플레이어들을 고통스럽게 만든다고 선언했다.

 이미 발언하였기에 사왕은 더 이상 언약의 권한을 실행할 수 없게 되었다.

 흑왕이 한숨을 내쉬며 나를 보았다.

"엄청난 리스크를 짊어지게 되었군."

"…그러게요."

 엄청난 부담감이 생겼다.

 하이 리스크 하이 리턴이라곤 하나 이건 리턴보다 리스크가 훨씬 컸다.

 홀리 가디언의 존망을 건 거래가 외딴 숲에서 체결되었다.

╬ ╬ ╬

'네가 해야 하는 일은 단 하나다. 리카드 대늪지로 가 그곳에서 하야트라는 인물을 만나라. 그가 해야 할 걸 설명해 주리라.'

 흑왕은 그 말만 남기고 사왕과 함께 사라졌다.

호크벨룬의 무시무시한 소문이 막을 내렸다.

"그럼 뭐 하냐. 내 인생이 조졌는데."
반대로 생각하면 엄청난 기회이기도 했다.
물론 부담감 때문에 그렇게 생각하는 게 쉽지 않아서 문제지.
나는 나직한 한숨을 내쉬고 자리에서 일어났다.
리카드 대늪지까지 가려면 생각보다 시간이 좀 걸린다.
'원하는 곳으로 보내 줍니다!'도 지난 반년간 싹 다 써 버렸다.
스크롤과 장거리 워프가 있지만 거기서도 깊숙이 들어가야 한다.
이번에야말로 O.P.B의 비밀을 조금 풀어 보나 했는데, 나중으로 미뤄야겠다.
"가장 가까운 도시가 넨천티였지?"
대늪지는 마마야루 대륙 북서쪽에 위치해 있다. 넨천티는 그보다 내륙에 가까웠지만, 북쪽 지방엔 도시 자체가 거의 없으니 어쩔 수 없다.
거래소에서 넨천티 스크롤을 구매해 사용했다.
"허전하네."
비인기 지역답게 넨천티엔 사람이 없었다.
넨천티가 속한 파블리스 왕국 자체를 유저들이 선호하

지 않다 보니 당연했다.

말을 구매하고 바로 넨천티를 벗어났다.

볼일은 대늪지에 있으니 이곳에서 시간을 낭비할 필요가 없다.

낭비하고 싶어도 낭비할 수가 없는 게 맞겠다.

남은 시간은 고작해야 일주일뿐이다.

내일 안에 대늪지에 도착해야 한다.

"이럇!"

말의 옆구리를 차자 히이잉- 울음소리와 함께 평원을 질주하기 시작했다.

✥ ✥ ✥

눈을 연상시킬 정도로 새하얀 머리를 한 남자가 낮임에도 밤과 같은 늪을 걷고 있다.

머리와 대비되는 검은 털 재킷 위로 가죽 끈이 걸려 있었는데, 열 자루가 넘어가는 단검이 꽂혀 있었다.

무릎 너머까지 오는 롱부츠는 특수한 마법이라도 걸려 있는지 늪 위를 걸어도 아무렇지 않았다.

"곧 오겠군."

남자, 하야트가 입을 열었다.

새하얀 입김이 훅 쏟아져 나왔다.

리카드 대늪지는 지금 한겨울이었다.
"음……. 빠른걸?"
하야트가 어딘가로 시선을 옮겼다.
그의 눈은 머리색처럼 새하얬는데, 눈동자 중심에 검은 점이 생기더니 대번에 확대되었다.
마치 우주를 투영한 듯한 형태였다.
그 신비로운 눈에 말을 타고 질주해 오는 한 남자가 포착되었다.
자신만큼이나 특이한 적발 적안의 남자는 한파가 몰아침에도 별 영향이 없어 보였다.
"기온에 구애받지 않는 수준인가."
하긴 그 정도도 못 되면 있으나 마나다.
하야트는 혼자 결론을 내리고 남자가 달려오는 방향으로 걸어갔다.
그러면서 작게 중얼거렸다.
"알딘이랬나?"
이름 한번 특이하다.
하야트의 신형이 흐릿해졌다.
그의 신형이 육안으로 좇기 어려운 속도로 대늪지를 관통했다.
빼곡한 나무로 뒤덮였지만 그에겐 장애물조차 되지 못했다.

순식간에 늪지를 돌파하고 숲 바깥으로 빠져나왔다.
"어어!"
동시에 당황한 음성이 정면에서 들려왔다.
하야트의 입꼬리가 살짝 올라갔다.
히이이이잉!
말이 놀라 앞발을 들었다.
등에 타고 있던 남자가 고삐를 놓고 뒤로 크게 뛰어올랐다.
하야트의 손이 말의 목을 짚었다.

신비로운 힘이 말에게 스며들었다. 말은 급격히 차분해졌고, 이윽고 앞발을 내려 무슨 일이 있었냐는 듯 투레질을 했다.

하야트가 5미터 떨어진 곳에 착지한 남자를 보았다.
적발 적안의 남자는 적개심 가득한 눈으로 하야트에게 외쳤다.
"이 미친놈이! 사고 날 뻔했잖아!"
그 말을 듣고 하야트는 허탈하게 웃었다.
꽤 비범하게 등장했는데, 그걸 보고 추돌 사고를 생각할 줄은 꿈에도 몰랐기 때문이다.

"당신이 하야트라고?"

"반갑다."

하야트가 손을 내민다.

나는 그의 손과 얼굴을 번갈아 보았다.

더럽게 잘생겼다.

여태 잘생긴 사람은 꽤 많이 봤지만 이 정도 미남은 손에 꼽는다. 비로소 이 세계가 게임이라는 게 실감되었다.

'현실에서 이 정도로 잘생긴 사람은…….'

나는 그의 손을 마주 잡다 한 남자의 얼굴을 떠올렸다.

기분이 급속도로 안 좋아진다.

아멜로스.

나를 배신하고 죽음으로 몰아넣었던 그 개자식도 하야트 수준으로 잘생겼었다.

그러고 보니 정보 길드에 놈의 오른팔인 피타의 추적을 맡겨 놨었다. 이번 일이 성공적으로 끝난다면 찾아가 보자.

그다음…….

"아픈데."

"아……. 아, 미안."

급히 하야트의 손을 놨다.

놈들을 떠올리니 나도 모르게 힘을 주고 말았다.

나는 민망한 얼굴로 머리를 긁적였다.

하야트는 사정이 있는 얼굴 같다며, 개의치 말고 따라오라고 했다.

'쿨남이네.'

잘생긴 것도 모자라 성격도 좋다.

진짜 게임에서나 나올 법한 캐릭터였다.

하야트를 따라 대늪지로 들어갔다.

대늪지는 정말 어두운 숲이었다. 나무가 빼곡해 하늘이 가려져 빛이 들어오지 않는다.

때문에 숲이라 부르기엔 상당히 휑했다.

빛이 들어오지 않으면 작은 식물들은 자라지 못한다.

기이한 숲이었다.

"사람 손이 닿지 않은 숲이네."

"맞다. 지나쳐 가는 사람은 있어도, 이곳을 관리하는 사람은 없지."

"늪지대긴 하지만 꽤 괜찮은 것 같은데. 나무도 엄청 커서 목재로 사용하기 좋지 않나? 돈이 꽤 될 텐데."

퍼석퍼석한 것이 좋은 나무는 아니더라도 관리만 좀 해주면 훌륭한 숲이 될 것 같았다.

"그것까진 모르겠군. 나도 탈리스 님의 지시를 받고 온 거라."

"탈리스가 누구야?"

"세간엔 흑왕으로 익히 알려지셨지."

"아, 넌 흑왕의 부하구나?"

"그런 셈이지."

처음 하야트가 등장했을 때를 떠올렸다.

새까만 숲에서 엄청난 속도로 나타난 그는 절대 범상치 않았다. 제대로 보진 못했지만 이자도 상상 이상의 강자일 것이 분명하다.

그리고 얼마 안 가 두 눈으로 목격할 수 있었다.

크아아아앙!

"몬스터다!"

"서쪽인가."

하야트가 서쪽으로 고개를 돌렸다.

쾅! 쾅! 쾅!

엄청난 울림이 땅으로 전해져 왔다.

나무들이 들썩이며, 그 위에서 쉬고 있던 새들이 일제히 날아올랐다.

쿠드득! 콰앙!

나무가 통째로 뽑히거나 지반째로 붕괴한다.

거대한 그림자가 장애물을 무시하며 이곳으로 돌진해 온다.

그것은 거대한 곰이었다.

"와, 저게 대체……."

거대하단 수식어를 붙이긴 했지만 말로는 감이 잘 안 올 것이다.

뛰어오는 폼으로 보건대 어깨너비가 대략 8미터에, 잠깐씩 일어날 땐 15미터는 가뿐히 넘어간다.

무엇보다 놀라운 건 발톱이었는데, 2미터는 되어 보였다. 굵기도 엄청나 스치면 육신이 찢겨 나갈 것 같다.

[킹 그레이트 베어][187레벨]

"이놈이 숲의 지배자인가 보지?"

아틀란티스도 아니고, 지금까지 공개된 마마야루 대륙에서 저 정도 레벨은 흔하지 않았다.

아스칼론의 손잡이에 손을 올렸다.

덩치는 무지막지하지만 내 상대는 결단코 아니다.

재빨리 처리할 생각으로 움직이려는데, 하야트가 손을 내밀어 멈춰 세웠다.

"왜?"

"저 녀석은 이 숲의 주인이 아니다. 단순한 포식자 레벨의 몬스터일 뿐."

"그거 말하려고 멈추게 한 거야?"

"아니."

"뭔데 그럼?"

"그래도 손님인데, 손을 더럽히게 할 순 없잖나."

하야트가 하얀 이를 드러내며 웃었다.

내가 입을 살짝 벌린 채 쳐다보자 그가 피식 웃으며 킹 그레이트 베어를 향해 뛰어올랐다.
 그 순간 기이한 힘이 하야트의 손끝에 맺혔다.
 그가 꿀밤을 때리듯 엄지로 검지와 중지를 튕겼다.
 어둠 가득한 늪지에 빛이 휘몰아쳤다.

경이적인 힘이었다.

하야트가 발출한 힘은 빛을 닮았을 뿐 빛이 아니었다. 좀 더 이질적인… 그래, 흑왕의 어둠과 흡사했다.

반경 수십 미터를 휩쓸어 버린 빛이 바람처럼 사라졌다. 나무들은 반파되어 널브러졌고, 그 위로 지저분하게 늪의 진흙들이 뒤덮였다.

킹 그레이트 베어는 말할 것도 없었다.

가슴에 심각한 자상을 남긴 채 즉사했다.

"휘유~"

절로 휘파람이 나올 지경.

하야트는 대수롭지 않게 나를 돌아보았다.

"그만 가지."
"엄청난걸?"
"앞으로 해야 할 일에 비하면 이 정도는 아무것도 아니다."
하야트가 쿨하게 대답했다. 그리고 다시 걸음을 재촉했다.
나는 어깨를 으쓱이곤 그의 뒤를 따라갔다.
우리는 그로부터 한 시간가량을 걸었다.
한 시간 정도로 주파하기엔 엄청난 규모를 자랑했지만, 우린 대늪지의 반대편으로 가는 게 아니었다.
"여긴?"
"들어와라."
우리는 작은 토굴 앞에 섰다.
진흙을 아치형으로 굳혀 만든 입구였는데, 곰팡내 같은 퀴퀴한 냄새가 흘러나왔다.
하야트는 아무렇지 않게 토굴 안으로 들어갔다.
나는 조금 꺼림칙했지만 어쩔 수 없이 따라 들어갔다.
토굴은 타원형 계단이 지하로 뻗어 있었다.
어둠을 밝히기 위해 횃불이 간격을 두고 걸려 있었는데, 좁다 보니 횃불도 아담했다.
계단 끝엔 나무 문 하나가 있었다.
하야트는 문고리를 잡더니 알 수 없는 언어로 중얼거리기 시작했다.
'하브릴어다.'

고대에 존재하던 하브릴이란 민족이 사용하던 언어다.

하브릴 민족은 고대에 가장 발전한 마법 문명을 지녔었는데, 그들의 언어는 한 글자마다 강한 마법적 특성을 머금고 있었다.

나중엔 마법사 유저들이 하브릴 언어를 하나라도 더 수집하려는 욕심으로 인해 '위자드 워(Wizard WAR)'가 발발했다.

이건 사족이니 그만 넘어가고.

"라즈테."

하야트가 마지막 언어를 내뱉었다.

문고리를 중심으로 둥글게 마법진이 펼쳐졌다.

마법진은 녹색으로 빛나는 하브릴어를 문 전체에 퍼트렸다.

그리고 2밀리미터 정도 간격을 둔 채 서로 다른 방향으로 회전하기 시작했다.

키이잉!

문이 금고 자물쇠처럼 둥글게 틀어진다.

가장 중심부부터 시계 방향, 반시계 방향으로 나뉘며 문이 달린 벽 전체가 형태를 잃었다.

"들어가지."

그러한 변화 속에 하야트는 짧게 말하고 안으로 들어갔다.

물결이 일렁이듯 잔잔한 파동이 일었다.

"신기하네."

마법이란 건 몇 번을 봐도 질리지 않는다.
나는 조금 더 마법진을 구경하다가 안으로 들어갔다.

✥ ✥ ✥

공간은 널찍했다.
각종 기자재가 도처에 널려 있고, 푹 쉴 수 있는 휴게실도 있었다.
구석엔 침대와 수면을 도와줄 캔들이 꺼진 채로 선반 위에 올려져 있었다.
나는 서랍장에 올려진 신기한 모형을 주무르며 말했다.
"여기서 지내는 거야?"
"보다시피."
하야트는 재킷을 옷걸이에 걸고 의자에 앉았다.
그가 의자에 앉을 것을 권유했지만 구경하는 게 더 재밌어 이 상태로 대화를 나누자고 했다.
"2명의 팔왕이 저주에 걸린 이유와 내가 해야 할 일이라는 게 대체 뭐야?"
근육을 자랑하는 듯한 흉상을 감상하며 물었다.
근육 디테일이 살아 있는 것이 명성 있는 조각가가 조각한 게 틀림없다.
하야트는 언제 준비했는지 차를 홀짝이며 대답했다.

"모두 내게 떠넘기신 건가. 뭐, 상관없겠지. 두 분께서 레바테인의 저주에 걸리신 이유부터 알려 주겠다."
"그래."
"악몽검이란 걸 건드리셨다."
흉상 위로 올라가던 내 손이 멈추었다.
악몽검을 이곳에서 듣게 될 줄은 몰랐다.
내가 갑자기 움직임을 멈추자 하야트가 고개를 갸웃했다.
"왜 그러지?"
"아, 아니다. 이름 한번 촌스럽다고 생각해서."
악몽검에 대해 알고 있다는 사실을 말해 줄 수 없어 되지도 않는 거짓말을 했다.
다행히 하야트는 별생각이 없어 보였다. 오히려 내 말에 동조했다.
"나만 그렇게 생각한 건 아니군."
"…그렇지."
"하여튼 그 검은 레바테인의 협곡 깊숙한 곳에 꽂혀 있었다. 두 분께선 그곳에 볼일이 있어 가셨다가 악몽검을 목격하고 말았지."
젠장! 난 왜 이런 부분까지 생각하지 못했을까?
레바테인의 협곡에서 저주에 걸렸다고 했을 때 악몽검부터 떠올렸어야 정상이다.
그 신화적인 힘을 담고 있는 궁극의 마검(魔劍)이라면

팔왕이라도 어찌할 수 없다.

 악몽검은 일곱 번째 메인 스트림에서 유저들이 레바테인을 쓰러트린 직후 발견되었다.

 정확히는 레바테인 강림의 매개체가 된 '불의 보석'이란 것에 공명하며 스스로 모습을 드러냈다.

 그것은 수많은 힘을 가지고 있었다.

 떡밥 연구를 좋아하는 유저들조차 다 밝혀내지 못할 정도였는데, 밝혀진 비밀도 몇 개 있었다.

 그중 하나가 바로-

 "우리가 유추하기로 악몽검이란."

 하야트가 찻잔을 빙빙 돌리며 말을 이었다.

 "레바테인의 핵이 봉인된, 혹은 연결된 신화적 봉인구다."

 나는 하야트의 말을 정정하고 싶었다.

 유추가 아니라 사실이라고.

 목구멍까지 넘어온 말을 간신히 참아 냈다. 대신 놀란 표정으로 하야트를 돌아보았다.

 "봉인구라고?"

 "확실한 건 아니지만, 그렇지 않고선 현세의 절대자들에게 저주를 걸 수 없지."

 "확실히……."

 나는 긍정한다는 표시로 고개를 끄덕였다.

 하야트는 남은 차를 모두 마시고 옆으로 슥 밀었다. 그러자 찻잔이 뿅 하고 사라졌다.

"그것도 마법?"

"편리하지?"

"그러네."

하야트가 슬쩍 입꼬리를 올렸다.

방금 내가 한 말이 기분 좋았던 모양이다. 뭐가 좋은 건지는 모르겠지만.

"다음은 네가 해 줘야 할 걸 말해야겠지."

"그게 제일 중요하지. 너무 커다란 게 걸려 버렸거든."

"그러니까 말은 조심해야 하는 거다. 애쉬드 님은 생각보다 다혈질이시거든."

애쉬드는 사왕의 이름이었다.

나는 고개를 격하게 흔들며 깊게 공감했다.

지금 생각해도 뒷덜미가 섬뜩했다.

아무리 내가 과한 대가를 요구했다지만 팔왕의 언약까지 꺼내며 위협할 줄은 몰랐다.

'아니, 위협이 아니지.'

언약이 발동된 순간 내가 실패하면 모든 유저들은 진짜 끝장날 것이다.

그리고 그 모든 원인이 나라는 게 밝혀지면 실제로 살해당해도 이상하지 않았다.

나는 애써 그 생각을 머릿속에서 지웠다. 걱정한다고 문제가 해결되지는 않는다.

"네가 해야 할 건 의외로 간단하다."

"음?"

"악몽검을 봉인하는 거다."

✟ ✟ ✟

"악몽검을 봉인하는 거다, 같은 소리 하고 있네!"

나는 하야트의 말투를 따라 하며 머리카락을 움켜쥐었다.

그의 말처럼 의외로 간단하기는 했다. 악몽검을 봉인하면 모든 사태가 끝나는 거니까.

문제는 악몽검이란 건 봉인하고 싶다고 할 수 있는 게 아니었다.

아까 전 하야트가 설명해 준 봉인법을 떠올렸다.

"5개의 속성석을 모아 준비한 봉인 마법진을 사용하라……."

심지어 완벽한 봉인도 아니었다.

단순히 팔왕에게 걸린 저주를 풀어내는 수준밖에 안 된다.

"속성석이라……."

오늘따라 내가 회귀자인 게 너무나도 다행스러웠다.

속성석이란 말 그대로 속성이 담겨 있는 돌이었다.

다섯 속성은 오행(五行)으로 수, 목, 화, 토, 금(水, 木, 火, 土, 金)을 뜻했다.

그것들은 오행산(五行山)에 봉인되어 있었다. 문제는 오행산의 위치와 난이도였다.

"금역······."

아틀란티스처럼 마마야루 대륙에도 당연히 금역이 있다.

크게 8개가 있었는데, 유저들은 이를 두고 8대 금역이라고 불렀다.

당연히 금역 사이에도 등급이 있었다. 오행산은 다행히 가장 난이도가 낮은 금역에 있었다.

'다행이라면 다행인가.'

아니, 다행이 아니다.

어차피 지금 수준에선 다 똑같은 금역이었다.

현재 유저들이 진입하기 힘들 정도로 어려우므로 금역이라 불리는 것이다.

"까라면 까야지."

그래도 내 실력이면 어떻게든 속성석을 얻을 수 있을 것이다.

역시나 문제는 시간이었다.

이동은 문제가 되지 않았다. 금역이란 건 밝혀졌기 때문에 금역인 것이다.

오행산 근처에 자리 잡은 도시가 저장된 스크롤이 거래소에 있었다.

"그런데 이해가 안 간단 말이지."

속성석을 모두 모아 악몽검을 봉인하는 건 좋다.
그런데 그걸 왜 내가 해야 하는지 모르겠다.
딱 봐도 하야트가 나보다 더 강하다.
오행산 정도는 어렵지 않게 털어 버릴 수 있을 것이다.
이 부분에 대해 안 물어본 건 아니었다.
하야트는 그저 가 보면 다 알게 될 거라고 했다.
"가 보자."
이제 5일 조금 넘게 남았다.
바로 스크롤을 찢었다.

"해야 하는 게 좋을 겁니다."
 반쯤 벗은 복장을 한 고혹적인 미녀가 화려한 스태프를 쥔 채 누군가에게 경고했다.
"저라면 당신이 모험가라도 영원히 추격해 지옥을 맛보게 만들 수 있으니까요."
"…빌어먹을."
 전신에 화염이 들끓는 사내가 이를 갈았다.
 여인, 마도왕 세네스가 희미하게 웃었다. 모르는 사람이 본다면 눈길을 빼앗을 정도로 아름다웠지만 사내의 눈엔 혐오스러울 지경이었다.

"당신이 모험가 중 최강이라죠? 절 도우세요. 그럼 아주 멋진 세계를 보여 드리겠습니다."

사내, 제로스가 대검을 지팡이 삼아 힘겹게 일어났다.

모든 유저들의 정상에 선 그였지만 천하를 오시하는 절대자 앞에선 나약했다.

"당신에게도 나쁜 제안은 아닐 텐데요?"

"그리 끌리지도 않는다."

"하하! 당신은 정말 재밌군요. 그런 부분이 매력적이라고나 할까?"

세네스의 가느다란 손가락이 제로스의 턱을 치켰다.

마음 같아선 저항하고 싶었지만 강대한 마력에 짓눌려 전신이 굳어 버렸다.

"레바테인의 불꽃은 이그니스의 사도인 당신에게 엄청난 축복이 될 겁니다. 어쩌면 절반이나마 신격을 이룰 수도 있습니다."

"그딴 거 없어도 돼."

"후후! 신격이 있다면 저 같은 사람을 만나도 이렇게 무력하지 않다고요?"

제로스의 눈가에 미세한 변화가 일었다.

그걸 놓치기엔 세네스가 너무 노련했다.

그녀는 붉고 도톰한 입술을 위로 끌어당겼다.

"격이란 그런 겁니다, 강함을 쫓는 모험가여. 세상은 한

번쯤 파멸을 맞을 때가 되었습니다. 그 누구도 당신을 탓하지 않을 겁니다. 아니, 그 이전에 당신이 했다고 생각하지 못하겠죠."

진퇴양난.

제로스가 눈을 감았다.

받아들이지 않으면 이 끔찍한 마녀에게 영원히 시달릴 것이다.

반대로 받아들이면 이 손으로 홀리 가디언을 불바다로 만들게 된다.

사실 후자는 상관없었다. 다른 유저들이 어떻든 알 바 아니었다.

다만 그로 인해 자신에게 피해가 온다면 그건 큰 문제다.

"나는……."

제로스의 눈이 천천히 떠졌다.

세네스의 눈꼬리가 활처럼 휘었다.

"따르겠다."

최후의 결정에 세네스는 기쁨을 주체할 수 없었다.

두 연놈의 일에 분탕을 칠 수 있다는 생각에 몸이 달아오를 뿐이다.

"도착했다."

고개를 들어 산의 정상을 보았다.

끝에 구름이 걸릴 정도로 높은 산이었으나 이보다 더한 산도 많이 봐서 그런지 감흥은 없었다.

"올라가자."

이왕 속성석을 얻을 거라면 상극되는 순서대로 얻는 것이 옳다.

"수 속성부터 얻어 보자고. 위치도 알고 있으니까."

수 속성 돌은 획득 난이도가 낮은 탓에 많이 알려져 있었다. 오행산의 초입 부분 골짜기에 있는 던전이었다.

"닷새."

그 안에 모든 속성석을 얻고 봉인을 완료해야 한다.

나는 각오를 다지고 그곳으로 향했다.

✤ ✤ ✤

[던전 '아즈카토'에 입장하셨습니다.]

"최초는 아니군."

예상하고 있었기 때문에 아쉽거나 하지 않았다.

던전 아즈카토는 오행산 골짜기 초입에 위치한 만큼 누가 최초로 발견하더라도 이상하지 않았다.

나는 무장을 끝내고 던전 안으로 걸음을 옮겼다.

어느 사냥터건 초입은 난이도가 낮은 법이다.
이곳도 그런 법칙을 충실히 따랐다.
다만 금역이라 불리는 만큼 초입조차 쉽지 않은 게 문제였다.
크르르-
낮은 울음소리가 어둠 너머에서 들려왔다.
저벅저벅- 이족 보행인지 2개의 발소리가 번갈아 울린다.
"그것참……."
어둠을 가르고 나타난 몬스터.
예상대로 이족 보행이었고, 전신이 굵은 털로 뒤덮여 있었다.
생김새는 매우 익숙했는데,
"늑대 인간이라……."
날카로운 손톱과 발톱, 길게 뻗은 주둥이는 으르렁거리기 위해 두껍고 뾰족한 이빨을 자랑한다.
놈의 머리 위를 보았다.

[흉포한 라이칸스로프][340레벨]

"심지어 라이칸스로프."
이곳을 방문한 건 처음이었기에 등장하는 몬스터까지 모두 알진 못했다.

그래도 전생의 기억이 있기 때문에 몇몇 좋은 기억에 있었는데, 그중에 라이칸스로프는 없었다.

늑대 인간의 상위종인 라이칸스로프는 전투에 관해선 스페셜리스트라고 해도 좋을 정도로 뛰어나다.

그리고 어둠을 좋아했는데, 사냥꾼의 본능이었다.

"레벨 한번 훌륭하구나."

대륙의 금역 중에서도 가장 난이도가 낮은 곳이라 그런지 몬스터의 레벨은 내게 아주 적당했다.

여유만 넘쳤다면 이곳을 중점적으로 사냥을 해도 좋을 정도였다.

"일이 잘 해결된다면……."

이곳을 다시 방문해도 좋을 것 같다.

나는 흑검을 치켜들고 라이칸스로프를 향해 뛰어올랐다.

✟ ✟ ✟

아즈카토는 다른 던전과 크게 다를 게 없었다.

구조 자체도 미로 형식을 그대로 따랐고, 간혹가다 발견되는 보물 상자에선 여러 잡다한 템이 나왔다.

몬스터들은 말할 것도 없었다.

기존에 알고 있던 것부터 들어 보지 못한 것들까지 다양했다. 다른 던전은 이렇게까지 많지 않아 조금 신기했다.

난이도 자체는 내게 딱 맞는 수준이었다.

일반 유저들 기준에서 보자면 금역이라고 하기에 충분했다.

그래도 재밌는 점 하나가 있었다.

"사방에 물이 많아."

던전 곳곳에 물이 흐른다는 점이다.

쪼르르 흐르는 냇물부터 천장에서 시작되어 벽을 타고 흐르는 물까지.

식수로 사용해도 좋을 정도로 수질이 좋았다.

보통 이런 곳에 흐르는 물은 석회수일 텐데 마셔도 청량감이 느껴지다니, 봉인된 수 속성석이 뛰어나다는 반증이었다.

몬스터가 다양한 이유도 이곳에 식수로 쓸 수 있는 물이 많기 때문일 것이다.

"나도 목이나 축일까?"

구석에 졸졸 흐르는 냇물 앞에 앉아 물을 떠 마셨다.

동굴이기 때문에 물은 굉장히 차가웠다.

얼기 직전인 것 같달까?

"맛 좋다."

얼굴을 박아 넣고 쭉쭉 들이켰다.

목구멍을 타고 차가운 냉수가 꿀꺽꿀꺽 들어가니 머리가 쨍했다.

"푸하!"

한껏 마시고 고개를 뒤로 털듯 들었다.

끼룩?

그리고 작은 다람쥐 같은 녀석과 눈이 마주쳤다.

하늘색 털 위로 세 줄의 검은 털이 자라 있는 녀석이었는데, 똘망똘망한 검은 눈과 아기자기한 코와 입은 절로 심장을 쿵 하게 만들었다.

특히 작은 손으로 힘껏 쥐고 있는 견과류가 킬링 포인트였다.

"넌 뭐니?"

끼루룩?

다람쥐가 몸의 절반만 한 머리를 갸웃했다.

어우, 이건 진짜 심장에 무리 좀 가는데?

손가락으로 다람쥐의 머리를 살살 긁었다.

기분이 좋은지 얼굴의 3분의 2를 차지한 눈을 감고 내 손길을 그대로 받아들인다.

끼룩! 끼룩! 같은 소리도 냈는데, 기분이 좋을 때 내는 소리 같았다.

"몬스터는 아닌데."

머리 위에 이름과 레벨이 안 보인다.

이 녀석을 보고 있자니 하양이와 쿠루쿠루가 보고 싶어졌다. 밥을 챙겨 줄 때 빼고는 거의 소환하지 않았다.

그나마 쿠루쿠루는 '캐슬' 때문에 전투에 자주 불렀지만, 하양이는 내 성장 속도를 따라오지 못한 탓에 위험해지는 경우가 많아서 부르질 못했다.

지금 내 수준에서 상대하는 몬스터들은 300레벨 중반대다.

하양이는 스치는 것만으로 즉사할 가능성이 99퍼센트를 넘어갔다.

"소환."

쿄오!

쿠루루-

하양이와 쿠루쿠루가 쾌활하게 등장했다.

다행히 녀석들은 내가 자주 안 불러내 주는데도 기분 상해 하지 않았다.

쿠루쿠루야 성격이 워낙 무신경해서 그렇다 쳐도, 하양이는 첫 번째 진화 때만 해도 안 부른다고 삐쳤었다.

'두 번째 진화 하면서 별로 신경을 안 쓰는 건가?'

독립심이라면 독립심이라고 할 수 있으리라.

끼룩?

다람쥐가 하양이와 쿠루쿠루를 보며 고개를 갸웃거렸다.

이 호기심 많은 다람쥐는 겁이 없는지 총총총 하양이에게 다가갔다.

쿄오?

어린 소년 크기의 하양이가 묘한 얼굴로 다람쥐를 보았다. 그러곤 나를 올려다보며 손가락질한다.

쿄?

"다람쥐야."

쿠루루-

어깨에 앉은 쿠루쿠루가 신기한지 대답했다.

하양이는 다시 다람쥐에게 시선을 돌렸다.

벙어리장갑 같은 손을 뻗어 다람쥐 머리 위에 올렸다.

그러곤 좌우로 쓰다듬는다.

쿄옹…….

하양이가 입을 안으로 오므렸다.

하얀 미간에 주름이 그려지며 볼이 살짝 붉어졌다.

"기분 좋냐?"

쿄오!

하양이가 흥분에 찬 얼굴로 고개를 격렬하게 끄덕였다.

쿠루쿠루도 호기심이 생겼는지 어깨에서 폴짝 뛰어내려 다람쥐에게 달려갔다.

그러나 다람쥐가 쿠루쿠루보다 조금 더 컸기 때문에 쓰다듬지 못했다.

대신 다람쥐가 쥐고 있던 견과류를 내려놓고 쿠루쿠루를 꼭 안아 주었다.

쿠루쿠루의 눈이 '^^'로 변했다.

"그것참 힐링되는 광경이네."
누군가의 목소리가 분위기를 깬 것은 그때였다.
나는 목소리가 들린 방향을 쳐다봤다.
"당신은 누구?"
"그러는 그쪽은?"
시원스러운 이목구비를 자랑하는 여자가 커다란 곡괭이를 짊어진 채 되물었다.

✟ ✟ ✟

여자의 이름은 잔나. 광부 클래스로 전직한 유저였다. 다람쥐의 주인이기도 했다.
다람쥐는 제 주인을 발견하기 무섭게 재빨리 그녀의 머리 위로 올라갔다.
잔나는 나를 알아보았다.
"세상 강한 분께서 이런 누추한 곳엔 웬일로?"
그런데 썩 나를 반기는 태도가 아니었다.
그녀가 날 반길 이유도 없지만 반기지 않을 이유도 없었다. 저런 식으로 비꼴 이유는 더더욱 없었다.
"내가 그쪽한테 무슨 잘못이라도?"
자연히 내 말투도 까칠해질 수밖에.
잔나가 쯧 혀를 차곤 몸을 돌렸다.

어이가 없었다.

초면인 주제에 왜 저런 태도를 고수하는지 도통 이해할 수 없었다.

"어이가 없네. 자기가 여기 주인도 아니고."

"뭐?"

잔나가 날 선 목소리를 내며 돌아봤다.

허리까지 출렁이며 내려오는 웨이브 진 금발이 크게 흔들렸다.

"틀린 말이라도 했어?"

"틀린 말은 아니지만 기분은 조금 나쁘네?"

그러면서 곡괭이를 양손으로 쥔다.

적반하장도 유분수인 법이다. 먼저 시비를 걸어 놓고서는 내가 한마디 하니까 기분이 나쁘단다.

기분이 나쁠 수야 있겠지. 그런데 그걸 겉으로 드러내면 큰일 난다는 걸 모른다.

"싸워 보려고?"

안 그래도 팔왕 때문에 스트레스가 이만저만이 아니었다. 나한텐 화풀이 대상이 생기는 것이니 나쁘지만은 않았다.

아스칼론을 뽑아 들었다.

흑빛의 칼날이 던전의 어둠 속에 스며들어 자취를 감췄다.

"못할 줄 알아?"

잔나가 땅을 박찼다.

광부답게 근력은 대단한지 쏟아져 오는 모양새가 파워풀하다. 하지만 전투에 한해서 전투직과 비전투직은 하늘과 땅 정도의 차이가 난다.
 곡괭이 날 중심부에 달린 둥그런 추가 척! 하고 열렸다. 쇠부분에 푸른 실선이 균열처럼 번졌고, 선을 따라 곡괭이가 갈라졌다.
 푸른 마력이 넘실거리며 그 틈새를 뚫고 터져 나왔다.
 "음……."
 광부라고 하지 않았나?
 그런데 저건 누가 봐도 전투…….
 "이크!"
 생각을 끝맺기도 전에 잔나가 곡괭이를 휘둘렀다.
 곡괭이가 코앞을 스쳤다.
 나는 백스텝을 밟아 어렵지 않게 피했다.
 그러곤 바로 반격에 들어갈 생각으로 준비를 하는데,
 콰앙!
 땅에 박힌 곡괭이가 거센 폭발을 일으켰다.
 잔나가 어디서 구했는지 모를 안전모를 머리에 썼다.
 "너 광부 아니지!"
 "시끄러!"
 드드득!
 지반이 갈라지는 소리다.

땅에 발을 딛기가 무섭게 서 있는 곳에서 마력이 솟구쳤다.

몸을 반 바퀴 돌려 회피하고 관성을 살려 잔나에게 달려들었다.

"잽싸긴!"

"놀라긴 했지만 위협적인 수준은 아니네."

내 신형이 반짝하며 사라졌다.

당황한 잔나가 좌우를 둘러봤지만 내 움직임을 좇는 건 불가능하다.

뇌전의 신력을 일으켰다.

구원의 신격을 획득하면서 덩달아 뇌전의 신력도 위력이 올랐다.

콰르르릉!

등 뒤에서 천둥소리가 울리자 잔나가 다급히 몸을 돌렸다.

"스킬을 쓸 필요도 없어."

흑검을 세로로 그었다.

황금빛 뇌기가 펄떡이며 잔나를 뒤덮었다.

끼룩!

물결이 일렁이며 수벽(水壁)이 높이 세워졌다.

뇌력의 검기가 수벽을 가르지 못했다.

내가 눈을 동그랗게 뜰 때, 잔나가 씩 웃으며 수벽을 뚫고 튀어나왔다.

마력을 뿜어내는 곡괭이가 나의 관자놀이를 노렸다.

"재밌네."

곡괭이를 휘두르는 속도가 빨라 피하긴 어렵다.

눈을 한 번 깜빡였다.

녹색 안광이 흘러나오며 전신에서 강력한 신력이 폭발하듯 터져 나왔다.

"꺄악!"

잔나가 답지 않은 비명을 내질렀다.

물리력에 침범당한 것은 아니었다.

잔나의 HP가 그대로인 게 그 증거였다.

그렇다면 방금 그것은 무엇이었을까?

잔나가 무슨 일인지 모르겠다는 얼굴로 물었다.

"바, 방금 뭘 한 거야? 그리고 그 모습은……."

"이거?"

전신이 선을 딴 것처럼 녹빛이 줄기차게 흐르고 있다. 그 주변으로 퍼져 나오는 파동은 신성하기 그지없었는데, 타인으로 하여금 경외감을 느끼게 만들었다.

내가 그녀에게 말했다.

"신격."

['구원의 신격'을 발동하셨습니다.]

신격을 발동하고부턴 당연히 싸움이 성립되지 않았다. 아니, 그걸 떠나서 잔나가 무슨 짓을 하더라도 날 이기는 건 불가능했다.

광부 주제에 신기한 전투법을 선보여서 당황했을 뿐이다. 마지막에 뇌력의 검기를 막아 낸 수벽도 놀라웠고.

"칫!"

패배한 잔나는 뭐가 그렇게 마음에 안 드는지 연신 혀를 찼다.

"웃기는 놈일세."

나는 그녀를 죽이지 않았다.

이유야 간단명료했다.

내가 아직은 절반뿐이지만 구원의 신격이자 신급 칭호인 '용서하는 자'의 소유자이기 때문이었다.

때로는 죽음이 용서가 될 수 있다지만, 그것도 상황에 따라 다른 것이다.

만약 잔나를 가차 없이 죽였다면 이 똑똑한 AI는 나의 격을 약간 상실시켰을 게 분명하다.

'의외로 복잡하단 말이지.'

설명 자체는 간단한데, 얽히고설킨 것들이 함부로 죽이지 못하게 만든다.

잔나가 패배를 시인한 것도 원인으로 작용했다.

차라리 끝까지 자비를 구하지 않았더라면 죽음으로써

용서할 수 있었을 텐데.

'쩝!'

또 시스템이 똑똑한 게, 내가 용서한 상대에게 일정 시간 동안 스택이 떠오른다.

총 3스택까지 있는데, 악한 행동을 한다면 스택이 하나씩 쌓였다. 그게 맥시멈에 도달하면 죽음으로써 구원받게 만들 수 있었다.

솔직히 악한 행동이라는 걸 어떻게 구분하는지는 모르겠지만, 그것까진 내 알 바 아니고.

"그보다 묻고 싶은 게 있는데?"

"흥!"

"계속 그런 식으로 나오면 재미없어."

"아무런 대답도 안 할 거다."

"날 왜 이렇게 미워하는 거야? 내가 너한테 무슨 죄졌어?"

답답한 마음에 그렇게 묻자 잔나가 표독스럽게 쳐다봤다.

진짜 내가 무슨 실수라도 했나?

잔나가 입을 열었다.

"너 때문에 우리 길드가 망했어!"

나는 일그러지는 표정을 감출 수 없었다.

나 때문에 망했다니. 무슨 말 같지도 않은 소린가.

내가 망하게 한 길드는 제법 됐지만 길드를 먼저 건드린 적은 없었다.

모두 나에게 시비를 걸었고, 대가를 치르게 했을 뿐이었다.

만약 잔나가 속했던 길드가 그런 길드 중 하나라면 농담으로라도 그런 말을 꺼내선 안 됐다.

"길드명이 뭔데."

낮게 깔린 목소리에 살기가 섞였다.

의도한 건 아니었지만 그만큼 내 기분이 안 좋았다.

잔나가 몸을 움찔했다.

그녀 역시 내가 이 정도 반응을 보일 줄은 예상하지 못했나 보다.

잔나는 괜히 마른침을 삼키며 입을 열었다.

"게, 게스."

"게스?"

"그래, 게스."

나와 적대했던 길드 중 게스란 이름을 가진 길드는 없었다.

내가 의아해하자 잔나가 그럴 줄 알았다는 듯 사납게 으르렁거렸다.

"그래! 넌 모르겠지!"

저 반응을 보면 내가 게스란 길드에 뭔가를 한 건 확실한 것 같은데.

착각하고 있는 건가 싶다가도 그녀의 반응을 보면 그건 아닌 것 같았다.

그리고 처음에 했던 말도 목에 박힌 가시처럼 걸렸다.

'세상 강한 분께서 누추한 이런 곳에 웬일로?'

뒷부분은 지우고 앞부분만 보도록 하자.
세상 강한 분께서-
이 말이 왜 이렇게 불편하게 느껴질까.
마치 내 힘을 직접 경험해 본 사람 같았다.
하지만 그녀와 싸운 기억은 다시 떠올려 봐도 없었다.
"설명해."
"……."
잔나가 눈을 매섭게 떴다.
불만을 넘어 조만간 나를 죽일 기세였다.
대체 내가 얼마나 죽을죄를 지었기에 저런 반응을 보이냐 이 말이다.
답답함에 속에서 열불이 날 지경이었다.
"말하지 않으면 모르는 법이야."
최대한 화를 가라앉히고 차분하게 말했다.
잔나가 곡괭이를 쥔 손에 힘을 주었다.
그녀의 어깨에 있던 다람쥐가 걱정스럽게 쳐다본다.

"'조커'… 기억하나?"

"당연히 기억하지. 나 하나 죽이겠다고 만들어진 길드 연합이잖아."

내게 모든 공적치를 뺏겼다고 생각한 유저들이 모여 만든 거대 길드 연합 '조커'.

지금이야 불미스러운 사건으로 와해됐지만, 한땐 한국 서버를 거의 집어삼킬 정도로 규모를 불렸었다.

잔나가 말했다.

"우린 그 '조커'에 강제로 소속되어 있었다."

✚ ✚ ✚

'조커'는 수많은 연합원을 이용해 크고 작은 길드들을 강제로 복속시켰다.

잔나가 속해 있던 게스도 그런 길드 중 하나였다.

하루하루가 힘겹고 모진 나날이었다. 마음 같아선 그냥 게임을 접을까 싶기도 했다.

실제로 길드원 중에서 접은 사람도 꽤 되었다.

그래도 남은 인원들은 꿋꿋이 버텼다. 과격한 연합장들의 횡포에도 언젠가 볕 뜰 날이 올 거라며 서로를 위안했다.

몇 개월이 지나고 '조커'는 와해되었다.

강제로 복속되었던 길드들은 환호했다.

하지만 환호하지 못한 길드들도 많았다.

게스는 그런 길드 중 하나였다.

"우린 억지로 끌려 나가 억지로 싸웠고, 재기하기 힘들 정도로 파괴당했다."

세계 랭킹 1위가 '조커'의 본부에 나타났다.

그는 압도적인 힘으로 연합을 파괴했고, 연합이 약해진 틈에 '군단'을 비롯한 국내의 쟁쟁한 길드들이 '조커'의 잔당들을 끈질기게 죽이고 또 죽였다.

게스는 자신들은 강제로 복속된 길드라고 주장했지만 '조커'에게 당한 게 많은 자들은 무시했다.

게스는 갈려 나갔다.

"네가! 네가 그때 독식하지만 않았어도!"

'조커'는 생기지 않았겠지.

말없이 잔나를 보았다.

붉게 충혈된 눈은 눈물이 언제 떨어져도 이상하지 않았다.

나는 살짝 입을 벌렸다 다물었다.

그녀에게 해 줄 수 있는 말이 없었다.

까놓고 얘기해 보자면 내 탓으로 돌릴 문제는 아니었다. 내가 원인이 될 수는 있어도 나쁜 건 '조커'의 대가리들이지, 내가 아니다.

하지만 잔나에겐 나 말고 탓할 수 있는 게 남아 있지 않았다. 거기에 괴팍한 성정이 더해지니 초면에 그런 태도를 보인 것이다.

지금도 마음에 드는 건 아니지만 어느 정도 이해할 수는 있었다.

그녀의 말처럼 내가 독식하지 않았으면 '조커'가 만들어지지 않았을 것이다.

내가 그토록 경계하던 나비효과가 이런 식으로 되돌아오니 한편으론 씁쓸했다.

"크큭! 할 말은 없나 보지?"

"내가 사과하길 바라는 거냐?"

"…쳇!"

비틀거리며 일어나는 잔나.

그녀는 곡괭이에 몸을 기댄 채 나를 보다가 힘겹게 몸을 돌렸다.

바닥에 내려온 다람쥐가 나와 하양이, 쿠루쿠루를 번갈아 보다가 제 주인을 따라갔다.

"하아……. 결국 이런 식으로 되돌아왔구나."

나비의 날갯짓에서 시작된 바람은 태풍이 되어 애먼 사람들에게 피해를 끼친다.

다른 점이 있다면 나비는 원망받지 않는다.

차라리 나비였다면 얼마나 좋을까 하는 시답잖은 생각이 들었다.

"언제고 또 저렇게 피해 입은 사람이 나타나겠지."

회귀자의 숙명이라면 숙명이리라.

　　　　✠　✠　✠

보스 방을 뚫고 수 속성석 앞에 도착했다.

영롱한 푸른빛을 흘리는 돌은 차갑고 부드러운 마력을 쉴 새 없이 뿌리고 있었다.

과연 이 정도는 되어야 악몽검을 봉인하는 데 사용할 수 있으리라.

막 수 속성석을 취하려 할 때였다.

벽에 새겨진 그림이 눈에 들어왔다.

"벽화?"

이곳에 벽화가 있다는 얘긴 못 들어 봤다.

속성석을 인벤토리에 넣고 빛을 일으켜 벽화를 밝혔다.

그곳엔 5마리의 다람쥐가 뛰어 놀고 있었다.

"웬 다람쥐가……."

다람쥐들을 하나씩 확인해 봤다.

외형은 비슷하지만 털의 형태가 조금씩 다른데, 그중 하나가 굉장히 익숙했다.

"어어?"

눈이 동그랗게 떠졌다.

"아까 그… 잔나의 다람쥐잖아?"

5마리의 다람쥐 중 가장 왼쪽에서 웃고 있는 다람쥐. 채색은 안 되어 있지만 그 녀석이 분명했다.
 평범한 펫이 아니었단 말인가?
 "아, 어쩐지."
 잔나는 광부치고 조금 특이했지만 '아즈카토'에 혼자 들어올 만큼 강하진 않았다.
 그 다람쥐가 길을 안내한 것일 수도 있겠다.
 그런 걸 펫으로 두다니 조금 부러웠지만 내게도 그 못지않은 친구들이 있었다.
 "그런데 왜 안 들고 간 거지?"
 이게 목적이 아니었나?
 나야 개꿀이니 상관없다만.
 나는 고개를 갸웃거리며 던전의 입구로 향했다.
 수 속성석을 얻었으니 상성의 우위를 차지할 수 있는 화 속성석이 있는 곳으로 향하면 된다.
 그렇게 하나하나 얻다 보면 목적을 달성할 수 있겠지.
 "좋다, 좋아."
 왠지 일이 잘 풀리는 것 같아 아까 전의 우울함이 조금 가셨다.
 나는 싱글벙글 웃으며 던전 밖으로 나왔다.
 그리고 쏟아져 오는 화염 폭풍을 보며 비명을 내질렀다.
 "우와아아악!"

콰아아앙!
하늘에서 새빨간 점이 지면에 충돌했다.

✤ ✤ ✤

제로스는 누군가의 명령에 따르는 것을 치욕으로 여겼다.
한데 꼴이 참 우습게 되었다.
현실에선 조직에게, 게임에선 마도왕이라는 미친 여자에게.
스스로에게 조소가 지어질 수밖에 없는 상황.
그는 드높은 하늘 위에서 오행산을 내려다보았다.
높긴 하지만 전체적으로 나무가 빼곡한 평범한 산이었다.
"짜증 나는군."
제로스는 노골적으로 인상을 구겼다.
다섯 속성석이 뭔지 모르겠지만 마도왕은 그걸 찾아내라고 했다.
심지어 닷새라는 시간밖에 주지 않았다.
닷새 동안 저 넓은 산을 다 뒤지는 건 사실상 불가능하다.
그래서 결정했다.
"다 태워 버리자."
민둥산으로 만든다면 던전의 입구들이 속속히 나타날 것이다.
대검을 뽑아 높이 들어 올렸다.

불꽃이 일렁이며 넓은 칼날을 둥글게 타고 올랐다.
그리고 검극에 도달한 순간, 진홍빛 기운이 푸른 하늘을 새빨갛게 물들였다.

[잿불]

둥글게 뭉친 진홍빛 기운이 검극에서 떨어져 나갔다. 그것은 매캐한 검은 연기의 꼬리를 달고 지상으로 추락했다.
제로스에게 산을 지울 수 있는 힘은 아직까지 없지만 초목을 지울 수 있는 힘은 있었다.
잿불이 지상에 닿은 순간이었다.
하얗게 물결치는 파도가 허공에 생성되었다.
그것은 수천 도를 아우르는 잿불을 집어삼켰다.
"……."
제로스가 인상을 구겼다.
마법사인가?
아래에서 마력은 느껴지지 않았다. 그렇다면 히든 클래스의 누군가일 가능성이 높았다.
누군지는 모르겠지만 상대를 잘못 만났다.
전신을 불꽃으로 화했다.
그의 신형이 광선이 되어 지상에 내리꽂혔다.
수벽이 그를 막아섰지만 의미가 없었다.

"뭐, 뭐야!"

아래에서 당황한 여자의 목소리가 들렸다.

초목이 타들어 간다.

곡괭이가 인상적인 여자와 어깨에 앉아 있는 다람쥐가 보였다.

제로스는 지체 없이 대검을 휘둘렀다.

부웅!

둔기를 휘두른 듯한 바람 소리가 허공을 갈랐다.

여자가 다급히 곡괭이에 마력을 불어넣어 본모습으로 해방시켰다.

다람쥐가 작은 팔을 들어 한 번 더 수벽을 만든다.

"펫의 능력이었군."

잿불을 막아 낼 정도의 수벽을 만들어 내는 다람쥐라.

꽤 재밌었지만 제로스의 흥미를 끌기엔 역부족이었다.

여자가 곡괭이를 힘차게 휘둘렀다.

팔뚝에 근육이 바짝 서는 걸 보니 힘에 자신 있는 모양이었다.

제로스가 희미하게 웃으며 곡괭이를 후려쳤다.

"꺄아악!"

일격에 곡괭이가 파괴됐다.

거기서 비롯된 충격파를 견디지 못하고 여자가 바닥을 나뒹굴었다.

다람쥐는 튕겨져 나가 나무에 처박혔다.

끼루욱- 다람쥐가 작은 울음소리를 흘렸다.

"너, 너 뭐……. 어?"

여자가 인상을 쓰며 제로스를 본 순간 벙찐 얼굴이 되었다.

전신이 화염으로 타오르는 사내의 낯은 왠지 익숙했다. 그래, 예전에 한 번 본 적 있었다.

강제로 본부로 끌려갔을 때, 잔나는 불타 버린 본부에서 걸어 나오는 남자를 보았다.

"…제로스."

"날 아나?"

제로스가 무감정한 목소리로 물었다.

그러더니 혼자 잠깐 생각에 잠겼다가 납득한 얼굴로 끄덕였다.

"하기야 랭킹 1위니까 모르는 게 이상하군."

매체를 별로 신경 안 쓰다 보니 자신의 유명세도 깜빡하는 제로스였다.

잔나는 어이가 없었다.

그녀가 물었다.

"자, 잠깐! 그런데 날 왜 죽이려는 거야?"

"날 방해했다."

"방해한 적 없는데……."

"방해했다. 나의 잿불을 막았지 않나?"

"아?"

설마 하늘에서 떨어지던 그 주홍빛 덩어리를 말하는 건가?

"그, 그건 네가 떨어트린 거잖아! 난 살려고 막은 거라고?"

"그런데?"

"…뭐?"

"그걸 내가 알아야 할 필요가 있나."

제로스는 높낮이 없는 어조로 대답하며 대검을 들었다. 어느새 만들어진 용암이 대검의 칼날을 뒤덮은 채 팔팔 끓고 있었다.

이런 성격이었나?

잔나는 이해할 수 없었다.

제로스는 이러나저러나 그녀를 해방시켜 준 장본인이었다. '조커' 와해 이후에 괴롭힌 건 다른 세력들이지, 그가 아니었다.

오히려 제로스에겐 고마움을 느끼고 있었는데.

"죽어라."

대검이 떨어진다.

잔나가 두 눈을 질끈 감았다.

칼날이 공기를 휘젓는 소리에 전신에 소름이 돋았다.

푸화아아악!

그때 분수가 솟구치는 소리가 들렸다.

어울리지 않는 소리였고, 자신의 목은 여전히 달라붙어 있었다.

잔나가 눈을 떴다.

끼루우우욱!

다람쥐의 전신에서 하늘빛이 터져 나왔다.

제로스는 굳은 얼굴로 아래에서 폭발하듯 뿜어져 나온 지하수에 저항하고 있었다.

잔나가 당황한 얼굴로 다람쥐의 이름을 불렀다.

"랙!"

끼루우우우우우욱!

랙이 안간힘을 다해 손을 위로 들었다.

지반이 둥글게 융기하는가 싶더니 물줄기가 3배 이상 거세졌다.

"큽!"

제로스도 이번만큼은 버틸 수 없는지 물줄기와 함께 하늘 위로 솟구쳤다.

어마어마한 힘이었다.

랙이 특별한 다람쥐라는 건 알고 있었지만 알딘과 더불어 최강이라 불리는 제로스를 날려 버릴 줄은 몰랐다.

하지만 그 정도뿐이었다.

그녀는 잽싸게 랙을 품에 안고 전속력으로 하산하기 시작했다.

제로스는 반드시 다시 내려올 것이고, 붙잡히는 순간 모든 게 끝난다.

이때 잔나가 한 가지 놓치고 있는 부분이 있었다.

제로스는 근접전만 고수하는 플레이어가 아니었다.

"이건 조금 재밌군."

끊임없이 밀어내는 물줄기를 보며 제로스가 웃었다.

전신이 노란빛으로 물들며 극상온의 열기가 주변의 수분을 모조리 증발시켰다.

물줄기도 예외가 아니었다.

이미 올라올 대로 올라와 수압이 약해진 상태다.

자유로워진 제로스가 허공을 밟으며 검극을 밑으로 내렸다.

"그러니 이제 진짜 죽어라."

이그니스의 마력이 한 번 더 검극에 뭉친다.

'잿불'과는 격이 다른 초고온의 에너지가 응집된다.

[이그니스의 점]

새빨간 점이 오행산을 덮쳤다.

산천초목이 그 열기를 버티지 못하고 모조리 타 버리기 시작했다.

그리고,

"이 미친 새끼!"

황금빛 번개가 허공을 가로질러 제로스의 가슴팍을 훑고 지나갔다.

"네놈!"

"돌았냐!"

알딘과 제로스의 시선이 허공에서 마주쳤다.

※ ※ ※

"네 녀석이 왜 여기에 있지?"

제로스가 한쪽 눈을 찌푸리며 물었다.

나는 그 말에 대답해 줄 생각이 요만큼도 없었다.

"이 방화범 새끼야! 왜 산에 불을 지르고 난리야!"

대신 민둥산이 된 오행산을 가리키며 윽박질렀다.

무슨 짓거리를 한 건지 모르겠지만 커다란 산을 덮고 있는 초목이 한 줌 재로 산화했다.

아무리 상성상 압도적인 우위를 차지하는 불의 힘을 가졌다지만, 오행산을 민둥산으로 만들 정도면 괴물이라 불러도 손색없다.

'3차 전직이 머지않았다, 이거지?'

제로스의 레벨은 350이었다.

400레벨에 3차 전직을 할 수 있으니 코앞까진 아니더라도 멀진 않았다.

제로스가 나를 향해 대검을 치켜들었다.

검면에 멋들어진 황금 용이 꿈틀거리는 게 보였다.

'드래고닉 시리즈' 중 하나인 골든 스피릿이었다.

나의 흑검 아스칼론과 비교해도 손색없다.

"왜 여기 있느냐고 물었다."

제로스가 딱딱한 목소리로 재차 물었다.

이글이글 타오르는 몸을 보고 있자니 공기가 왜 이렇게 뜨거운지 알겠다.

나는 인상을 쓰며 아스칼론을 양손으로 쥐었다.

"알 바 없잖아, 이 방화범 새끼야."

"뭐, 상관없겠지. 여기서 네놈을 만나다니. 요즘 기분이 몹시 안 좋았는데, 좋은 해소제가 되겠어. 일전의 설욕도 갚을 수 있고."

제로스의 입꼬리가 씩 위로 올라갔다.

골든 스피릿이 용암을 울컥 토해 내자 가드에 맺힌 용암이 방울져 저 아래로 떨어졌다.

나는 마른침을 삼키며 놈을 보았다.

갑자기 오행산에 나타나 불을 질러 버린 녀석이 마음에 안 들긴 했지만, 막상 싸울 생각을 하니 옛 기억이 떠올랐다.

'지금 싸우면 이기나?'

손잡이를 쥔 손바닥에 땀이 차올라 불쾌하다.

싸워 봐야 알 것 같다.

그래도 저번처럼 피지컬적인 면에서 압도적으로 밀릴 것 같진 않았다.

저번처럼 쿠루쿠루의 캔슬 같은 편법은 안 통하겠지만 지금의 내겐 '신격'이 있었다.

유저 간 전투에서도 신격과 비신격의 차이는 꽤나 컸다.

제로스는 그 사실을 모를 터이니 공략을 잘만 한다면 이번에도 내가 승리를 따낼 수 있을 것이다.

그렇게 생각했다.

"가마."

제로스가 오만하게 공격을 선언했다.

쾅!

불꽃이 폭발했다.

눈앞이 불규칙하게 퍼져 나가는 화염으로 뒤덮였다.

공간이 접힌 것 같은 착각이 들었다.

어느새 코앞에 도달한 제로스가 골든 스피릿을 내 머리통을 향해 찔러 넣고 있었다.

"크윽!"

반사적으로 고개를 틀었다.

지이익-

볼에 새빨간 선이 그어졌다.

주변이 까맣게 타들어 가며 피부 속이 익어 간다.

"오호?"

제로스가 살짝 놀란 표정을 지었다.

이 개 같은 자식은 방금 그 공격으로 날 즉사시키려고 했다.

앞발을 들어 제로스의 가슴을 밀어냈다.

1미터 정도 밀려나나 싶더니 한 바퀴 회전해 균형을 잡는다.

그의 등에서 불길에 휩싸인 날개가 펼쳐졌다.

날개가 펄럭인 순간 수 줄기의 화염 폭풍이 들이닥쳤다.

광섬:게헥으로 화염 폭풍을 저지하고 점멸로 제로스의 품 안으로 파고들었다.

이글거리는 열기는 마력으로 막아 냈다.

[플레임 핸드]

제로스가 왼손을 뻗었다.

노란 불길이 일며 손바닥의 형상을 했다.

리히트 블레이드를 전개했다.

빛과 불이 뒤엉키며 거센 폭발을 일으켰다.

번개화로 물리력을 무시하고 손을 뻗어 놈의 갑옷을 붙잡았다.

불로 이루어진 손이 번개로 이루어진 손을 붙잡았다.

내가 놀란 눈으로 보자 제로스가 말했다.

"너만 있다고 생각했나?"

불의 손이 금방이라도 분화할 것 같은 화산처럼 꿈틀거

렸다.

머릿속에 위험 경보가 쉴 새 없이 울렸다.

[블러디 오러]

핏빛 기운이 제로스의 목을 노리고 날아들었다.

30퍼센트의 MP가 확 줄어들었다.

제로스가 다급히 몸을 뒤로 젖혔다. 옳은 판단이었지만 상대에게 기회를 주는 꼴이 되었다.

"이번에도 한 끗 차이구나!"

빛을 두른 아스칼론이 제로스의 심장을 파고들었다.

팟!

"뭐야?"

제로스의 육체가 촛불이 꺼지듯 사라졌다.

오른쪽 뒷목이 얼어붙는 것처럼 소름이 돋았다.

좌표를 생각하지 않고 점멸을 사용했다.

후웅!

귓가에 둔기를 휘두르는 소리가 들렸다 끊겼다.

"쥐새끼 같은 놈."

공격에 실패한 제로스가 낮게 혀를 찼다.

무슨 짓을 한 건지 모르겠지만 제로스가 내 뒤에 나타났다. 심지어 공격까지 성공시킬 뻔했다.

'전생에 저런 기술은 가지고 있지 않았는데?'

심장을 꿰뚫는 감촉이 분명 있었다.

그런데 불꽃으로 화해 사라졌다.

내가 모르는 기술이었다.

화염화도 마찬가지였다. 그에게 그런 기술은 없었다.

나는 제로스의 5차 스킬을 제외한 모든 스킬을 알고 있었다.

머릿속이 복잡해졌다.

'나로 인해 또 나비효과가 발생한 건가.'

그렇다면 문제가 컸다.

제로스는 단순 실력만으로도 나보다 우위에 있는 플레이어였다.

그나마 내가 그의 스킬을 알고 있어 대처가 가능했던 거다.

"이번엔 놓치지 않는다."

제로스가 상체를 가볍게 숙이며 나를 향해 돌진했다. 불길이 꼬리처럼 그를 뒤따랐다.

"쳇!"

모르는 스킬이 있으면 새로이 공략하면 된다.

제로스는 언젠가 뛰어넘어야 할 산.

차라리 이번 기회에 그걸 확실히 하는 것도 좋으리라.

허공에서 골든 스피릿과 아스칼론이 충돌했다.

빛과 어둠, 황금빛 번개, 진홍빛 불꽃이 혼돈처럼 뭉쳤다.

힘에서 밀린 건 나였다.

"크윽!"

"근력 스탯에 조금 더 투자해야겠는걸?"

제로스의 놀리는 듯한 말에 이를 악물었다.

그의 등 뒤에서 다섯 자루의 화염 창이 소환되었다.

[아르첸의 장갑:그래비티 포스(Gravity Force)]

왼손에 착용된 장갑의 보석들이 일제히 빛났다.

제로스가 눈살을 찌푸렸다.

[용린파쇄참]

모조품이라 해도 흑검 아스칼론은 진품의 유지를 어느 정도 이은 명품.

드래고닉 시리즈 중 하나인 골든 스피릿은 지금 시점에서 최강을 논해도 좋은 무기다.

하나 상성상 내 쪽이 더 강하다.

쾅!

천지가 잠시나마 뒤흔들리는 착각이 들었다.

제로스가 믿을 수 없다는 눈으로 저 아래로 추락한다.

"이쯤에서……."

나는 마무리를 짓기 위해 구원의 신격을 개방할까 했지만,

"아직은 아니야."

묘한 불안감이 일었다.

확실하게 승기를 잡고 신격을 개방해야 한다. 반드시 그래야 한다는 생각이 머릿속에 확고히 자리 잡았다.

[화이트 쉘(White Swell)]

아스칼론을 머리 위로 들었다.

검극에 신성력이 줄기차게 모이기 시작했다.

제로스의 불길로 가득하던 하늘이 성스러운 힘에 정화되기 시작했다.

"이거나 먹어라!"

화이트 쉘을 있는 힘껏 발출했다.

콰아아아!

빛이 제로스가 떨어진 지상을 향해 쏟아졌다.

히페리온을 포함한 총 4명의 플레이어가 전력을 다해도 막기 버거운 스킬이다.

제로스는 그들보다 압도적으로 강하지만, 정면으로 얻어맞는다면 피해가 꽤 있을 것이다.

…라고 생각했다.

빛 덩이의 한 부분이 안으로 찌그러 들었다.

붉은빛이 그 중심에 맺혀 전구처럼 전체를 밝히기 시작했다.

"미친……."

콰아앙!

화이트 쉘이 흔적도 없이 사라졌다.

그리고 그 중심에 제로스가 히죽 웃고 있었다.

전신에서 뿜어져 나오는 흑색의 불길은 가뜩이나 그을린 대지를 흉포하게 녹였다.

"흑염······."

제로스의 트레이드마크라고 할 수 있는 힘이다.

불안감의 정체는 저거였다.

흑염은 그에게 힘을 내려 준 10주신 중 하나인 이그니스의 첫 번째 불꽃이었다.

어중간한 신과 악마는 저 힘 앞에 무릎을 꿇었다.

오래전 제로스가 아직 반신격조차 얻지 못했을 때, 그는 이렇게 불린 적이 있었다.

'갓 슬레이어(God Slayer)'.

모두 저 흑염 덕분이었다.

격의 차이란 홀리 가디언에서 꽤나 큰 비중을 차지한다. 아무리 모험가라 불리는 유저들이라도 격에서 밀린다면 엄청난 리스크를 안고 싸웠다.

그런 세계관에서 제로스는 총 일곱의 신격을 베었고, 스물이 넘는 반신격을 소멸시켰다.

악마는 셀 수도 없이 많았다.

'지금이라면 구원의 신격이 놈에게 통하긴 할 거야.'

갓 슬레이어라고 불리는 건 훗날의 일이다.

아직 3차 전직을 이루지도 못한 제로스가 그 격을 뛰어넘어 흑염을 제대로 발출할 수 있을 리가 없다.

이론상으로 따진다면 말이다.

하지만 상대는 제로스였다.

지상 최강이란 수식어가 잘 어울리는 홀리 가디언 최강의 유저였다.

'결국엔 화력 싸움으로 승부를 봐야 해.'

검을 몇 번 부딪쳐 본 결과 이전보다는 확실히 상대할 만했다.

그렇다고 이길 것 같냐면 그건 절대 아니었다.

고작 10합 정도도 섞지 않았지만 지금도 제로스는 내가 넘어서야만 하는 산이었다.

"뭘 하는가!"

아래에서 제로스가 나를 불렀다.

화이트 쉘을 막아 내서 그런지, 흑염을 일으켜서 그런지 모르겠지만 제로스에게 여유가 생겼다.

캡슐을 꺼내 입에 물었다.

"해 보자고."

['경시되는 생명'의 효과로 공격력이 50퍼센트 증가합니다.]

마음 같아선 경생의 효과를 맥시멈까지 발휘하고 싶지만, 그랬다간 근처에 있는 열기로 사망하리라.

"한 방을 노리나? 재밌겠어."

제로스가 골든 스피릿을 양손에 움켜쥐고 붕붕 돌린다. 흑염이 검극을 따라 회전하며 소용돌이치기 시작했다.

"끝까지 해 보자고."

이 스킬을 쓰는 건 오랜만인데.

[오델론의 기억]

머릿속에 하나의 영상이 재생되기 시작했다.

오델론은 지친 몰골로 한 걸음 내디뎠다.

지반이 무너지며 그 틈에서 불길이 솟구쳐 오델론을 덮쳤다.

오델론은 멈추지 않았다.

한 걸음, 한 걸음-

앞으로 이동할 때마다 용암이 폭발하고, 하늘에서 불의 비가 떨어졌지만 모두 무시했다.

((무모하다.))

절대자의 음성이었다.

천지를 아우르며 울려 퍼지는 목소리는 안타까움을 머금고 있었다.

오델론이 말했다.

"패배하는 것보단 낫소."

오델론의 순백의 검이 하늘을 향했다.

그곳엔 불길에 휩싸인 거대한 새 한 마리가 날개를 펄럭이고 있었다.

[오델론의 기억을 일부 엿봤습니다.]

[10분간 모든 능력치가 일시적으로 20퍼센트 증가합니다!]

['???'와의 전투를 목격했습니다.]

[10분간 화 속성 저항력이 20퍼센트 증가합니다!]

[상대가 '신성', 혹은 '화염'이라면 10분간 공격력 및 치명타 확률이 25퍼센트 증가합니다!]

 [상대가 '신성', 혹은 '화염'이라면 10분간 방어력과 모든 저항력이 15퍼센트 증가합니다!]

 [보유하고 있는 '신력'이 존재한다면 '신력'의 효과가 200퍼센트 상승합니다!]

 [스킬의 효과가 끝나면 모든 능력치가 20퍼센트 감소합니다.]

 [스킬의 효과가 끝나면 '신성력'을 바탕으로 하는 모든 스킬을 5분간 사용할 수 없습니다.]

 "그것참……."

 '오델론의 기억'은 나를 배신한 적이 단 한 번도 없었다.

잡일을 하던 하야트가 고개를 번쩍 들었다.

그의 시선은 정확히 오행산이 있는 방향으로 향해 있었다.

잘생긴 눈이 잔뜩 찌푸려졌다.

"오행산에 문제가 생겼다."

오행산은 하야트의 관할이었고, 감시를 위해 오감과 연결된 마력을 산개해 놓았다.

그런데 방금 그 마력들이 일제히 소멸했다.

흩어진 것도 아니고, 영구적으로 증발한 것이다.
강력한 힘에 의해서.
현재 알딘이 오행산에 있었다. 그는 모험가 중에서도 독보적이었지만, 방금 공격으로 어떻게 됐을지 장담할 수 없다.
던전에 있다면 모를까, 그게 아니라면…….
"죽진 않았을 거야."
하야트의 신형이 쏜살같이 움직였다.
고대의 문자가 허공에 떠오르며 세계가 가속하기 시작했다.
이곳에서 오행산은 거리가 꽤 되지만, 하야트에겐 두 가지 권능이 있었다.
그중 하나를 발현했다.
"안 되지."
가속되는 세상에 압정을 박아 넣은 듯 공간이 고정되었다.
달리는 자세 그대로 하야트가 굳었다.
그의 눈동자가 하늘을 향했다.
그곳엔 반나체의 여인이 고혹적인 미소를 그리며 왼손을 펼쳤다.
"네가 가면 밸런스가 망가진다고?"
"마도왕!"
하야트의 입에서 경악에 찬 목소리가 흘러나왔다.
저 여자가 왜 이곳에?

그보다 오행산에서 무슨 일이 벌어지고 있는지 알고 있는 듯한 말투 아닌가?

머릿속이 복잡해졌다.

고대의 언어가 그의 전신을 아울렀다. 그러자 고정된 공간이 풀려나며 몸이 자유로워졌다.

"많이 늘었네?"

마도왕이 여우 같은 눈웃음을 지었다.

하야트는 식은땀을 흘렸다.

마법으로 일가를 이룰 정도의 실력을 가진 남자가 바로 하야트였다.

하지만 눈앞의 여인은 일가 수준이 아닌 현존하는 마법 그 자체라고 불리는 마도왕이었다.

팔왕은 같은 팔왕이 아니라면 상대할 수 없다.

"무슨 목적이십니까?"

하야트가 손에 마력을 응축시키며 물었다.

마도왕이 어디서 구했는지 모를 부채를 활짝 펼쳤다.

"어머? 손에 그런 걸 쥐고 묻는 건 실례 아니야?"

"당신을 상대하려면 이보다 더한 걸 준비해도 모자랍니다만."

"후후! 흑왕의 밑으로 들어갔다 해서 거만해졌을 줄 알았는데, 그건 또 아니네?"

"……."

"그런 표정 짓지 마~ 무섭게 말이야."

정색하는 하야트를 보며 마도왕이 손을 내저었다.

그래도 하야트가 대꾸를 않자 무안해졌는지 괜히 헛기침을 하며 밑으로 내려왔다.

"남자가 그러면 인기 없어. 아니지. 넌 잘생겼으니까 또 모르겠다?"

"말장난할 생각 없습니다."

"역시 인기 없을 거야, 너는."

"왜 막는지 이유를 말해 주십시오. 합당한 이유라면 수용하겠으나 그게 아니라면……."

"아니라면?"

마도왕이 순수하게 물었고, 하야트가 살벌하게 마력을 뿌려 대며 경고했다.

"재미없을 겁니다."

"하하하하!"

마도왕이 누구보다 크게 웃었다.

그녀는 정말로 웃겼는지 배를 부여잡고 끅끅거렸다. 얼마나 웃었는지 눈가에 눈물이 글썽일 정도였다.

그녀가 눈물을 닦으며 고개를 들었다.

커다란 눈동자에 푸른 마력이 넘실거렸다.

"궁금한데?"

"당신……."

하는 수 없나.

하야트는 작게 중얼거리며 전투 자세를 취했다.

오행산에서 무슨 일이 벌어지고 있는지 모르겠지만 무슨 짓을 해서라도 막아야 한다.

이기는 건 불가능하더라도 잘만 한다면 그녀를 뚫고 오행산으로 향할 수 있을지도 모른다.

"설마 나를 뚫고 갈 수 있을 거란 생각을 하는 건 아니지?"

하야트의 눈이 커졌다.

마도왕이 고운 입꼬리를 위로 한껏 끌어 올렸다.

"비장의 수라도 있나 봐?"

그녀가 스태프를 소환했다.

상당히 길었는데, 끝에 둥근 링이 있고 링에 수십 개의 작은 고리가 걸려 있었다.

스태프를 땅에 찍자 고리가 찰랑이며 아름다운 선율을 흘렸다.

마도왕이 말했다.

"그 아이의 일을 방해하지 마렴."

"아이?"

"그런 게 있단다. 너는 몰라도 돼."

하야트가 땅을 박찼다.

빛이되 빛이 아닌 힘이 솟구치며 마도왕을 향해 날아올랐다.

고대의 문자가 허공을 수놓으며 불과 바람, 번개와 물을 소환했다. 그것들이 한데 뭉쳐 거대한 창을 이루니 일직선의 섬광이 되었다.

"그 힘과 고대 마법의 연계가 꽤 자연스러워졌구나."

마도왕이 히죽 웃으며 스태프를 한 번 더 바닥에 찍었다.

챠르릉-

수십 개의 고리가 충돌하며 날카로운 소리가 중첩되었다.

동시에-

"역시 이렇게 되나?"

섬광과 빛이 한순간에 증발했다.

아무래도 싸움은 꽤 길어질 전망이었다.

챙!

두 검이 충돌했다.

검은 불꽃이 살아 있는 것처럼 나의 목을 노리고 날아들었다.

검을 비틀어 상대의 검을 떨쳐 내고 거리를 벌렸다.

제로스가 놓치지 않겠다는 듯 순식간에 따라붙었다.

몇 번의 검합이 더 이루어졌다.

부딪칠 때마다 손아귀가 찢어질 듯 아파 왔다.

'이 괴물 새끼!'

'오델론의 기억'으로 평소보다 훨씬 강해졌는데도 스펙에서 밀리고 있다.

어이없었지만 한편으론 이 정도는 되어야 제로스라는 생각이 들었다.

놈의 검에 최대한 집중했다.

검이 움직이는 궤적을 파악하고 예상한 뒤 몸을 움직였다.

골든 스피릿이 적색 머리카락 몇 가닥을 훑었다.

아스칼론을 아래로 눕혀 그대로 찔렀다.

제로스가 몸을 오른쪽으로 틀었다.

키기기긱- 두터운 갑옷 위로 칼날이 닿자 불똥이 튀었다.

"저번보단 낫군!"

제로스는 지금 상황이 즐거운지 연신 웃고 있었다.

검에 갑옷이 갈리는 상황인데도 개의치 않고 몸을 앞으로 움직였다.

나는 당황한 채 백스텝을 밟았다.

실수였다.

사각으로 빼놓은 흑염이 칼날이 되어 나의 등을 노렸다. 급히 번개화를 사용했지만 칼날이 복부를 꿰뚫는 건 피하지 못했다.

"큭!"

번개의 길을 뒤로 길게 빼 단숨에 이동했다.

[검은 태양의 파편]

"허튼짓."

검은 태양의 파편은 상대의 시야를 암흑 상태로 만드는 스킬이지만, 제로스는 이미 그에 대한 방비를 해 놓았다.

흑염의 구체가 그를 감쌌다.

파편이 폭발하며 주변이 잠깐 동안 암전되었지만 흑염으로 공간을 확보한 제로스에겐 의미가 없었다.

콰앙!

오히려 로켓처럼 내가 있는 곳을 정확히 짚어 내고 날아왔다.

[흑점:소드 블랙홀]

검극에 어둠이 밀려들었다.

제로스가 지근거리에 도달한 순간 점멸을 사용했다.

불이 내가 있는 곳을 뚫고 지나갔다.

놈의 뒤로 이동한 나는 흑점을 그대로 찔러 넣었다.

골든 스피릿이 커다란 불의 검이 되었다.

작은 블랙홀은 애먼 화염을 잔뜩 빨아들이며 압축시켰다.

제로스가 불의 검을 휘둘렀다. 그 크기가 하늘에 닿아 마치 하늘을 가르는 것 같았다.

뇌전의 신력을 최대치로 일으켰다.

콰르르르릉!

천둥이 요란하게 울려 퍼지며 리히트 블레이드를 한껏

강화했다.

"흐압!"

불의 검에 맞서 뇌전을 두른 빛의 검을 휘둘렀다.

픽-

불의 검이 꺼졌다.

빛이 애먼 허공을 갈랐고, 허공에서 튀어나온 제로스가 아래팔로 내 목을 밀어냈다.

"컥!"

찰나간 숨을 쉴 수 없었다.

제로스의 타오르는 눈동자가 진득한 살기를 담은 채 나를 노려보았다.

"이 정도 수 싸움이 네 한계로구나?"

흑염이 그의 얼굴을 완전히 감쌌다.

불의 화신이 된 제로스가 강한 폭발을 일으켰다.

급히 육각 방패와 방어 스킬을 전개했지만 폭발에서 자유로울 수 없었다.

"크아아아악!"

전신이 불탔다.

검은 연기가 꼬리처럼 그려지며 저 아래로 추락했다.

폭발과 동시에 재생의 빛을 사용하지 않았다면 즉사였다.

머릿속에서 연신 울리는 경시되는 생명의 효과음이 그 증거였다.

쾅!

땅에 제대로 꽂힌 나는 쿨럭! 기침을 토했다.

피가 흥건하게 입술을 적셨다.

"괴물 새끼……."

뭐가 저리도 강하단 말인가?

방금 눈앞에서 튀어나온 스킬은 알고 있는 것이었다. 한데 그런 급박한 상황 속에서 기존의 스킬을 캔슬하고 곧장 사용할 줄은 몰랐다.

타이밍 때문이었다.

나는 검을 휘두른 상태였고, 타이밍이 어긋났다면 오히려 제로스가 당했을 것이다.

차라리 한 템포 쉬고 들어온 거라면 이해했을 것이다. 충분히 각을 볼 수 있는 상황이었다.

"소수점 단위로 상황을 계산하다니……."

괴물이라는 표현조차 부족할 지경이다.

그나마 위안이 되는 건 본인도 위험을 감수한다고 생각했는지 사전에 흑염을 몸에 두르고 있었다는 것이다.

얼굴을 뒤늦게 감싼 건 단순히 흑염의 갑옷이 전개되는 속도의 문제였다.

"슬슬 너에 대한 흥미가 식어 간다. 그만 끝내야겠군. 더 지루해지기 전에."

"새끼가 뚫린 입이라고 아무 말이나 막 뱉네."

검을 딛고 힘겹게 일어났다.

그래. 네가 그렇게 나온다면 나도 더 이상 감추고만 있지 않겠다.

"흥미가 식는다고?"

아스칼론을 양손으로 쥐고 정면에 세웠다.

"두 눈으로 똑똑히 봐 봐."

녹색의 기운이 전신에서 피어올랐다.

불길로 까맣게 그을린 땅이 정화되기 시작했다.

제로스의 눈이 가늘어졌다.

"그건 뭐냐?"

"직접 느껴 봐."

['구원의 신격'을 발동하셨습니다.]

절반뿐이지만 신의 격이 현세에 강림했다.

콰아아아!

녹빛의 신력이 넘실거리며 사방으로 퍼져 나갔다.

적색 눈동자에 녹광이 드리웠다.

제로스는 몸이 무거워진 걸 느끼며 눈살을 찌푸렸다.

딱히 능력치적인 제약이 생긴 것도 아닌데 이상한 일이었다.

"왜? 몸이 조금 무거워진 것 같냐!"

"네놈… 무슨 짓을 했지?"

"직접 보라니까."

가볍게 땅을 박찼다.

흑염은 신력조차 불태우는 화염이지만 아직 제로스는 그 힘을 제대로 다룰 줄 몰랐다.

그저 흑염을 두른 골든 스피릿을 휘두를 뿐이다.

그 정도로도 신력이 지우개로 문지르듯 지워졌지만, 그 양은 미미할 따름이었다.

'경시되는 생명의 효과는 못 쓰지만.'

구원의 신력은 그 자체로 다친 모든 것을 치료한다.

이미 내 HP는 가득 채워진 상태였다.

대신 상처 입히는 모든 것의 공격력을 낮추고, 그를 상대하는 나의 공격력과 방어력은 증가한다.

이 정도면 경생의 효과를 커버하고도 남는다.

"무슨 짓을 했는지 모르겠지만, 역시 넌 재밌구나."

제로스는 일전에 '둠스데이'의 길드 본부에서 호조가 했던 질문을 떠올렸다.

'지금의 너와 알딘이 싸운다면 누가 이길 것 같나?'

그땐 실없는 질문이라 생각해 화를 냈었다. 결국엔 내가 더 강하다고 답을 내렸고, 지금도 그 생각은 변하지 않았다.

하지만 라이벌이 있다면-

"너라면 충분하겠군."

흑염이 휘몰아쳤다.

구원의 신력과 흑염이 중앙에서 처절하게 충돌했다.

※ ※ ※

하야트는 피범벅이 된 상태로 오행산에 도착했다.

마도왕과의 일전은 그에게 있어 사선을 넘나드는 싸움이었다. 그마저도 손속에 자비를 뒀기에 이 정도였지, 전력을 다했다면 꼼짝없이 살해당했을 것이다.

그런데 의아했다.

'왜 그냥 간 거지?'

마도왕은 하야트를 데리고 놀듯 상대하다 말고 돌연 사라졌다.

그의 입장에선 다행인 일이었다.

몸이 지치고 상처가 많았지만 바로 오행산으로 향했다. 그리고 숲을 넘어 오행산 앞에 도달한 순간이었다.

------------!

2개의 힘이 하늘에서 뒤섞여 거대한 힘의 파장을 퍼트렸다.

급히 보호막을 펼쳤다.

숲이 파르르 떨리며 엄청난 충격파가 사방을 짓눌렀다. 하야트조차 충격파의 위력에 눈살을 찌푸렸다.

대체 이곳에서 무슨 일이 벌어지고 있단 말인가?

그때 하야트의 시야에 익숙한 누군가가 포착되었다.

"알딘!"

알딘이 하늘 높은 곳에서 추락하고 있다.

전신에 흑염이 달라붙어 있고, 검은 연기가 꼬리처럼 뭉게뭉게 피어오른다.

그때 또 다른 뭔가가 추락했다.

처음 보는 얼굴이었지만 알딘처럼 처참한 몰골은 아니었다. 하지만 상태는 그와 비슷한지 추락에서 저항하지 못하고 있었다.

하야트가 다급히 알딘에게 달려갔다.

비행을 뜻하는 고대의 문자를 만들어 단번에 이동했다.

"알딘!"

"…하야트."

의식은 있는지 작게나마 대꾸한다.

텔레포트로 그의 신형을 붙잡고 한 번 더 텔레포트로 지상에 착지했다.

"이그니스의 흑염……!"

흑염의 정체를 한눈에 간파한 하야트가 급히 봉인을 뜻하는 고대의 문자를 소환했다.

흑염이 문자 안으로 빨려 들어가더니 흔적도 없이 사라졌다.

다행히 격이 낮은 흑염이었다. 만약 수준 높은 흑염이었다면 봉인하지 못했을 것이다.

'그 전에 알딘이 죽었겠지.'

다행이었다.

그는 회복을 뜻하는 문자를 소환했다.

"괜찮… 아."

알딘이 힘겹게 대꾸했고, 전신에 십자가가 피어올랐다. 화상이 거짓말처럼 지워지며 혈색이 빠르게 돌아왔다.

"허허!"

그가 오델론의 후인이라는 건 알고 있지만 이 정도로 재생의 빛을 잘 다룰 줄은 몰랐다.

알딘이 상체를 일으키며 물었다.

"그놈은?"

"누구를……. 아, 그자 말인가."

하야트의 시선이 뒤로 향했다.

"저곳이다."

그러곤 어딘가를 손가락으로 가리켰는데, 알딘과 싸운 것으로 추정되는 누군가가 추락한 장소였다.

알딘은 자리에서 일어나 그곳으로 터덜터덜 걸어갔다.

"너처럼 회복할 수단이 없는 것 같던데. 죽었을 거다."

"아니."

알딘이 단호하게 말했다.

"녀석은 이그니스의 사도야."

"아……."

잊고 있었다.

이그니스가 어떤 신이었는지.

하야트는 고개를 끄덕이며 알딘을 따라갔다. 혹시나 모를 위협에서 그를 지키기 위해.

✤ ✤ ✤

오랜 기억이었다.

총알이 빗발치고, 하늘에선 포탄이 떨어져 폭발한다. 사방에 파편이 비산하며, 주변은 불바다였다.

회전하는 탄환이 어깨에 박혔다.

분전 중에 소총이 박살 난 상태라 흠집이 잔뜩 난 단검으로 적들을 도륙했다.

허벅지, 종아리, 옆구리 등등…….

무분별하게 쏟아져 오는 탄환들은 내 몸을 벌집으로 만들었다.

이를 악물고 적군 틈에 파고들었다.

그곳이 사지라 생각했고, 실제로 죽음이 코앞이었다.

죽기 직전에 본다는 주마등은 다 거짓말이었다.

죽음은 현실이었고, 일생이 보이기는커녕 세상만이 더 또렷해졌다.

눈을 떴다.

"흠……."

제로스는 손가락을 까닥였다. 신경 재생이 끝났는지 원활하게 움직인다.

부서진 척추도 다 달라붙었다. 온갖 상처들이 흔적을 남기지 않고 사라졌다.

멀찍이 떨어져 있는 골든 스피릿을 보았다.

대검은 홀리 가디언에서 처음으로 다루어 보았다. 제법 손에 익었고, 휘둘러 적을 박살 내는 맛도 있었다.

하지만 부족했다.

이번에 여실히 그 사실을 실감했다.

자리에서 일어났다. 아직 고관절 등이 삐걱거렸지만 불편함은 없었다.

"역시 나한텐 이게 제격이야."

심플한 디자인의 은빛 단검.

칼날 크기는 대충 20센티미터로 적당한 날붙이다.

과거 가장 애용하던 사이즈기도 했다.

저 멀리서 전신을 압박했던 불쾌한 기운이 느껴졌다. 점점 가까워지는 것이 이곳으로 다가오고 있는 모양이었다.

"내가 밀렸단 말이지."

제로스의 입꼬리가 올라갔다.

한 번도 아니고 두 번씩이나 패배했다.

그때와 달리 지금은 살아 있지만 그 충돌에서 패배한 건 부정할 수 없는 사실이었다.

현실이었다면 한 수에 쳐 죽였겠지만 이곳은 가상현실이었다. 실력만 있다고 살아남을 수 없는 세계인 것이다.

"재밌어."

과거 용병 세계에서 '데스(Death)'라 불리며 모두를 공포에 떨게 만들었던 장본인이 바로 제로스였다.

그런 그에게 알딘은 두 번이나 수치를 안겨 주었다.

그 사실이 참을 수 없을 정도로 즐거웠고, 분노하게 만들었다.

제로스가 단검을 치켜들었다.

리치도 짧고 살상력도 다른 무기에 비해 확연히 떨어지는 단검이다.

널브러져 있는 골든 스피릿의 칼자루 정도밖에 안 되는 단검이다.

그런데 제로스는 그 어느 때보다 강해 보였다.

숲을 헤치고 2명의 남자가 나타났다.

"멀쩡하지?"

"그렇군."

하나는 알딘이었고, 하나는 은발이 인상적인 사내였다.

사내가 제로스를 뚫어져라 보다 혀를 내둘렀다.

"마도왕의 인장이 새겨져 있군."

"마도왕이라면 팔왕이잖아?"
"그녀는 정말로……."
사내, 하야트가 인상을 구길 때였다.
제로스가 단검을 알딘에게 겨누었다.
"와라."
"이봐, 싸움은 끝……."
나서려는 하야트를 알딘이 팔을 들어 저지했다.
"알딘."
"끝을 봐야 해. 넌 끼어들지 마."
"지금 그럴 때가……!"
"하야트!"
내 외침에 하야트가 인상을 썼지만 더 이상 아무 말 하지 않고 뒤로 물러났다.
알딘이 아스칼론을 뽑아 들었다.
"그런데 그 단검은 뭐냐? 빨리 네 무기 주워 들어."
"필요 없다."
"하? 날 무시하기엔 좀 늦은 것 같……."
"필요 없다고 했다."
불길이 일며 짧은 거리를 제로스가 순식간에 주파했다.
아스칼론을 사선으로 들었다.
카지지직!
두 날붙이가 격렬하게 긁어 대며 불똥을 튀었다.

2차전이 시작되었다.

✤　✤　✤

 마도왕은 하늘 저 높은 곳에서 지상을 내려다보고 있었다.
 팔왕 중에서도 마도로 절대자가 된 그녀에게 이만한 높이는 별것도 아니었다.
 심지어 먼 거리임에도 선명하게 지상에서 벌어지는 일을 관찰할 수 있었다.
"어머머, 박력 넘쳐라."
 이그니스의 사도와 오델론의 후인이 미친 듯이 치고받는다.
 힘줄이 터질 것처럼 부풀고, 격렬하게 충돌하는 쇠는 징한 울음을 토해 냈다.
 빛과 어둠이 폭주하며, 불길이 그것을 잡아먹는다.
 그럼 또 녹빛의 신력이 터져 나왔다.
 단일 화력은 제로스가 위.
 복합적인 힘은 알딘이 위.
 두 사람의 전투는 줄다리기를 하듯 팽팽했다.
 그러나 모든 것에 끝이 있듯 그 싸움 또한 어느 순간 한 축이 밀리기 시작했다.
"흠……."

마도왕 세네스가 시선을 위로 옮겼다.

무수히 빛나는 별빛 중 하나가 픽! 꺼졌다.

승부가 났다.

中　中　中

단검을 쓰는 제로스는 무지막지했다.

왜 지금까지 쓰지 않았는지 이해가 안 갈 정도였다. 시종일관 압박당했다.

구원의 신격이 아니었다면 몇 번이고 죽임을 당해도 이상하지 않았다.

그사이에 진화라도 한 걸까?

아니면 지금까지 본 실력을 감추고 있었던 걸까?

모르겠다. 알고 싶지도 않았다.

내가 원하는 건 승리다. 그 이외의 것은 조금도 필요 없다.

놈에게 이길 수만 있다면 나는-

"…훌륭하다."

제로스가 비틀거리며 주저앉았다.

허억, 허억! 숨소리가 거칠다.

쥐고 있던 검을 떨어트렸다. 손가락 마디를 굽힐 힘조차 남지 않았다.

게임 속인데도 시야가 핑 돌 정도로 혈압이 상승했다. 갑작스런 빈혈 증세에 시스템이 경고까지 보냈다.

"육참골단(肉斬骨斷), 아니 너의 경우엔 골참생단(骨斬生斷)이라고 해야 하나?"

쓰게 웃었다.

오른팔이 비었다. 왼쪽 옆구리는 아귀가 파먹은 듯 안에 장기까지 사라졌고, 머리는 일부분이 날아갔다.

HP는 간당간당하게 2퍼센트 정도가 남았다.

이 모든 상처가 단 일합을 위한 희생이었다.

자칫 잘못했다간 오히려 내가 당할 수도 있는 위험천만한 모험.

'이렇게 안 했으면 못 이겼어.'

어떻게 보면 지난번 승리와 비슷한 양상이다.

그때보다 사정이 나쁘긴 하지만 결과적으로는-

"이번에도 내 승리다."

"크크큭!"

사지를 잃은 제로스가 광소를 터트렸다.

붉게 물든 눈에선 금방이라도 피가 흐를 것 같았다.

이그니스의 힘이 상처를 재생시키려고 하지만 나와 마찬가지로 마력이 부족한 모양이다.

힘겹게 아스칼론을 다시 주워 들었다.

비틀비틀 걸어가 제로스 앞에 섰다.

"다음에 보자고."

"오냐."
있는 힘껏 아스칼론을 휘둘렀다.
칼날이 그의 두개골을 비집고 들어갔다.
살벌한 눈동자가 나를 쏘아보다가 먼지가 되어 사라졌다.
내가 지쳐 쓰러지려 할 때였다.
콰아아아아앙!
검은 벼락이 천지를 꿰뚫을 기세로 떨어졌다.
"알디이인!"
하야트의 목소리가 들렸다.
그보다 빠르게 어둠을 띤 빛이 나를 덮쳤다.
뇌전과 구원의 신력을 동시에 펼쳤지만 압도적인 힘 앞에 저항할 수 없었다.
"고르고 고른 모험가였는데, 아쉽게 됐어."
고혹적인 목소리였다.
이 또한 전생에 들어 본 적 있었다.
'마도왕!'
다른 팔왕들과 달리 태생부터가 빌런에 가까운 마도 계열의 절대자!
검은빛이 꺼졌다.
하늘이 정상으로 되돌아오고, 그녀의 모습을 똑바로 확인할 수 있었다.
위로 크게 틀어 올린 흑발에 동양풍과 서양풍을 반반 섞어 놓은 듯한 드레스, 요염한 화장이 아주 잘 어울리는 미녀.

그리고 2미터는 가볍게 넘어가는 거대한 스태프.

"결국 인과율을 감수하고 내가 나서야 하잖아~"

"마도왕!"

하야트가 다급히 내 앞에 착지했다.

마력을 풀어 내 주변에 강력한 보호막을 펼쳤다.

"생각보다 멀쩡하네?"

"대체 무얼 노리시는 겁니까?"

"다 알면서 왜 물어봐? 호호!"

"모든 팔왕의 분노를 살 겁니다. 아무리 당신이라도 둘 이상의 팔왕이 움직인다면 죽음을 피할 수 없을 텐데요?"

하야트의 경고에 세네스가 묘한 미소를 지었다.

그 미소의 의미를 알아챘는지 하야트가 그녀를 미친 사람 보듯 쳐다봤다.

"당신은 역시 제정신이 아니야."

"후하하! 제정신이었다면 이런 짓 못하지!"

스태프 끝에 달린 링이 새하얗게 빛났다.

수십 개의 고리가 짤랑이며 공명하기 시작했다.

하야트가 고대의 문자를 소환했다.

"도망칠 테니 정신을 바짝 붙잡고 있어라."

대답할 여력이 없어 고개를 끄덕였다.

저 여자가 무슨 짓을 하려는지 모르겠지만, 뭘 하든 이

단단한 보호막은 종잇장처럼 찢길 것이다.

하야트의 주변에 떠오른 문자들이 밝게 화했다.

일전에 본 빛이 그의 몸 주변으로 떠오르며 반구의 형태로 우리를 둥글게 감쌌다.

"그렇게 될 리가?"

짤랑이는 소리가 멎었다.

[증폭]

수많은 공명음이 서로 충돌했다.

공간이 바스러지며 초월적인 마력이 오행산 일대를 휩쓸었다.

하늘이 갈라지는데, 이 세상에 재앙이 강림한 것 같았다.

대지 위로 새겨진 균열은 '증폭'을 버티지 못해 지진이 발생했다.

"큭!"

하야트가 짧은 비명을 토했다.

마력을 전개하는 두 손이 수전증이 온 듯 벌벌 떨렸다.

이런 광경은 전생에서도 몇 번 보지 못했다.

[마도의 이름하에- 멸하라.]

마력이 폭주했다.

어지간한 신격보다 훨씬 강대한 절대자가 터트린 언령은 세상을 파괴했다.

나는 그저 오행산에 잠들어 있는 속성석을 찾으러 온 것

뿐인데.

'왜 이렇게 된 거야?'

어느새 종말 앞에 서 있는 죄인이 되지 않았는가?

하야트가 두 손을 강하게 말아 쥐었다.

빛이 문자와 접목하여 거대한 힘을 발했다.

"흑왕이시여……."

그가 힘겨운 상황에 제 주인을 찾았다.

그것과 별개로 하야트의 마법은 절반 이상 성공했는지 우리를 감싼 공간이 반쯤 떨어져 독립되기 시작했다.

"끄아아아아아악!"

"히, 힘내."

내가 해 줄 수 있는 건 짤막한 응원뿐이다.

((가상하구나, 아이야.))

마도왕이 스태프를 한 차례 휘저었다.

짤랑이는 소리가 귓가에 울렸고, 독립되던 세계가 다시 이어 붙기 시작했다.

하야트의 얼굴에 절망이 드리웠다.

'빌어먹을…….'

어떻게 안 되나?

지금 내게 이곳을 탈출할 수 있는 수단은 정녕 없단 말인가?

머릿속이 아득해졌다.

죽음은 아쉬워도 두렵진 않았다. 하지만 이로 인해 벌어질 일련의 사태들이 두려웠다.

'점멸이나 번개의 길로 어떻게 안 되나?'

애절하게 생각해 봐도 답이 없었다.

하야트의 공간 마법조차 마도왕이 억지로 강제하고 있다. 그보다 못한 점멸과 번개의 길이 그녀를 뚫고 나갈 수 있을 것 같진 않았다.

'아니야.'

방법이 있다.

확실하진 않지만 잘하면 이곳에서 살아 나갈 수 있다.

'밑져야 본전이야.'

어차피 죽는다면 시도라도 해 보자.

그 생각을 가지고 남은 팔로 하야트의 배를 감쌌다.

"무슨?"

"가만히 있어 봐."

두 사람이니만큼 점멸의 사거리는 상당히 짧아진다.

다행인 점은 사거리를 신경 쓸 필요가 없는 방법이라는 것.

누군가를 데리고 사용하는 건 처음인데.

[점멸]

우리의 신형이 픽 꺼졌다.

동시에,

[반전 세계]

세상이 회색으로 물들었다.

점멸을 사용했을 때만 들어갈 수 있는 이면의 세계.
이것이 내가 생각한 마도왕에게서 도망칠 수 있는 유일한 방법이었다.
예상대로 반전 세계는 마도왕의 마력에서 안전했다.
하나 그것도 시간문제이리라.
그녀라면 내가 반전 세계에 숨었다는 걸 금방 깨달을 것이다.
"이, 이곳은?"
하야트가 당황한 목소리로 물었다.
나는 그의 팔을 끌었다.
"지체할 시간이 없어! 빨리 도망쳐야 해."
콰드득!
회색의 공간에 균열이 일었다.
벌써 눈치챈 것이다.
나와 하야트는 힘껏 도망치기 시작했다. 어디까지 가야 안전해질 수 있는지 모르겠지만 지금 그런 걸 생각할 겨를 따윈 없다.
((끼햐하하! 재밌구나, 재밌어!))
반전 세계를 뚫고 마도왕의 웃음소리가 들려왔다.
소름이 끼쳤다.
텅! 텅!
하늘을 망치로 내려친 것처럼 둥근 균열이 번졌다.

그 틈으로 천장에 샌 물처럼 마력이 뚝뚝 떨어지기 시작했다.

"이제……."

하야트가 하늘을 보며 말했다.

"이제 도망칠 필요 없다."

"무슨 소리야?"

삶을 포기라도 한 것일까?

내가 눈살을 찌푸리며 그를 재촉했다.

"빨리! 빨리 가야 한다고!"

"괜찮다, 알딘."

"뭐……."

한심한 소리 그만하라고 소리치려 할 때였다.

우우웅!

반전 세계가 통째로 깨지기 시작했다.

그 거대한 힘의 흐름에 전율이 일었고, 피부에 소름이 돋았다.

"어……."

세상에 밤이 찾아왔다.

하야트가 희미한 미소를 지으며 중얼거렸다.

"오셨습니까, 나의 주인이시여."

하늘에 챙이 넓은 모자를 쓴 남자가 서 있었다.

✠ ✠ ✠

　남자는 천천히 손을 들었다.
　폭주하듯 일렁이는 마력이 남자를 피하듯 빠르게 거리를 벌리기 시작했다.
　무의미한 짓거리였다.
　남자의 힘 앞에 거리 따윈 사소했다.
　"재밌는 짓거리를 해 주었구나, 마도왕."
　남자, 흑왕이 입을 열었다.
　흑백이 뒤섞인 수염이 분노로 파르르 떨렸다.
　검은색으로 물든 눈이 정면을 응시했다.
　((흑왕……! 당신이 어떻게 여기에?))
　마도왕은 놀란 눈치였다.
　그 증거로 한 번도 경계 태세를 보이지 않던 그녀가 스태프를 앞으로 내세우고 있었다.
　팔왕에게도 명백한 순위가 존재한다.
　흑왕은 그중에서도 네 번째로 강한 절대자였다. 비록 상위권이 아니지만 마도왕보다 한 단계 높은 순위인 만큼 그녀보다 분명 강했다.
　물론 그들이 본격적으로 싸우기 시작하면 승부는 절대 안 날 것이다.
　최강자인 '투왕'을 제외한 팔왕들은 모두 한 끗 차이였으니까. 하나 강함의 우위가 존재하는 만큼 마도왕으로서도 긴장을 늦출 수가 없었다.

거기에 흑왕은 혼자가 아니었다.

저 밑에 있는 애송이들을 말하는 것이 아니다.

((건방진 년.))

사악하고 끈적한 목소리였다.

마도왕이 눈살을 찌푸리며 시선을 아래로 내렸다.

그곳엔 피부가 반쯤 비늘로 뒤덮인 소녀가 서 있었다.

모든 뱀의 주인, 사왕이었다.

팔왕의 말단이라 해도 좋을 그녀지만 역시나 한 끗 차이일 뿐.

두 팔왕이 동시에 덤벼든다면 마도왕은 소멸을 각오할 수밖에 없다.

그녀에게 삶은 한낱 유희거리에 지나지 않지만, 그렇다고 죽는 건 사양이었다.

무엇보다 이해가 가지 않았다.

((대체 당신들이 왜 이곳에 있는 거죠?))

마도왕은 완벽한 계산이 서지 않으면 보통은 움직이지 않는다. 이번에 움직인 것은 흑왕과 사왕이 이곳으로 오지 않을 거란 계산이 있었기 때문이었다.

((역시 네년이 설계해 놓은 거였구나?))

사왕은 화를 참지 못하겠는지 살기를 미친 듯이 뿌려 댔다.

그러곤 말을 이었다.

((어쩐지 인과율이 평소보다 더 강하게 속박하더라니. 이 쓰레기 같은 년! 오늘 팔왕이 칠왕으로 줄어들 거야!))

사왕의 몸집이 기하급수적으로 부풀었다.

순식간에 지름 수백 미터의 뱀이 된 사왕이 거대한 아가리를 벌렸다.

검보랏빛 기운이 입 안에 뭉치는가 싶더니 광선이 되어 일직선으로 쏘아졌다.

콰아아아앙!

근처에 있는 것만으로 육신이 녹아내리는 끔찍한 독이었다. 그런 걸 뿜었으니 아무리 팔왕이라도 버티지 못하리라.

((쳇!))

마도왕이 화려한 술식을 초 단위로 풀었다.

방대한 마법진이 전개되며 신성한 문이 허공에 소환되었다.

문이 덜컥 흔들리며 서서히 열렸다.

사왕이 내뿜은 독 광선이 신계의 문으로 빨려 들어갔다. 한 방울도 남기지 않고 모조리.

"과연 마도왕. 신계의 문을 해킹했나?"

((무섭도록 놀라운 통찰력이군요, 흑왕.))

"하지만 지쳐 보이는군."

그 말대로였다.

사왕이 뿜어낸 독 광선을 조금의 피해도 없이 막아 낸 기술이다.

마도왕이라도 진이 빠질 수밖에.

사왕은 짜증 나는지 거체를 뒤흔들었다.

((짜증 나! 짜증 나!))

지진이 난 것처럼 땅이 크게 흔들렸다.

"이건 실패로군요."

마도왕의 증폭되던 음성이 원래대로 돌아왔다.

그녀는 흑왕과 사왕을 번갈아 보다 고개를 저었다.

"일이 더 재밌을 수 있었는데, 아쉽게 됐어요~ 다음에 보도록 하죠."

"누가 보내 준다던가?"

"보내 주는 게 아니라 제가 그냥 가는 거랍니다."

마도왕이 밝은 미소를 지으며 스태프로 커다란 원을 그렸다.

((놓치지 않아!))

사왕이 긴 몸을 쭉 뻗었다.

마도왕이 벌레를 보는 듯한 시선으로 그녀를 쏘아봤다.

"어디 짐승 따위가 건방지게!"

마력이 올올이 풀려나며 사왕의 목을 휘감았다.

((컄!))

독이 마력을 녹였지만 한발 늦었다.

마도왕이 비릿한 조소를 머금고 주문을 외웠다.

"마라흐 바 덴……!"

"그렇게 휘저어 놓고 가겠다고?"

마도왕이 놀란 눈으로 나를 보았다.

비록 지금으로선 그녀에게 실금 수준의 피해밖에 못 주겠지만, 움직임을 저지하는 것으로 족하다.

"대가를 치러야지!"

흑왕과 사왕이 마도왕을 견제하는 사이 몸 상태를 어느 정도 정상으로 만들어 놓았다.

아직 잘린 팔과 뜯긴 옆구리가 그대로지만 어쩌랴.

[드래곤 헌팅(레플리카)+구원의 신력+뇌전의 신력]

흑검을 타고 두 종류의 신력이 뒤엉킨다.

초월급 스킬이 남아 있지 않다는 사실이 아쉬웠다.

모두 제로스에게 때려 박았으니 어쩔 수 없었다.

'이걸로 만족하자.'

두 신력을 잔뜩 머금은 모조된 용살의 검이 마도왕의 폐부를 꿰뚫었다.

모든 마력을 두 팔왕을 상대하는 데 쏟고 있어 보호받지 못한 피부는 연약하기 짝이 없었다.

마도왕이 경악에 찬 얼굴로 나를 본다.

나 역시 경악에 찬 얼굴로 마도왕을 보았다.

"너, 너무 쉽게 뚫렸는데?"

피부에 아무것도 덧씌워 놓지 않았단 말인가?

나는 실금만 만들어도 성공이라고 생각했었다.

이거 완전 개이득!

"흐, 흐하하!"

"이, 이놈!"

마도왕은 정말 당황했는지 아무런 제스처를 취하지 못하고 있었다.

내 공격이 예상보다 잘 들어갔다지만 팔왕에게 있어 장기 하나 손상된 것 정도는 아무것도 아니리라.

"지금입니다!"

((아주 잘했다, 인간!))

수백 미터에 달하는 신체가 빠른 신축성을 자랑하며 길어졌다. 독을 품은 거대한 엄니가 마도왕을 한입에 삼켰다.

입이 다물어지는 동시에 아스칼론을 뽑아냈다.

아무리 신물의 모조품이라도 사왕의 독에 노출되면 흔적도 없이 녹을 것이다.

사냥감을 정확히 포획한 사왕이 부드럽게 착지했다.

'와우……'

저번에도 엄청나게 빠르다고 느끼긴 했지만 조금 전에도 육안으로 좇질 못했다.

코앞에 어둠이 드리워 반사적으로 아스칼론을 뽑아낸 것뿐이었다.

사왕이 입을 우물거리며 꿀깍- 마도왕을 삼켰다.
기다란 몸체에 야광등 같은 보라색 빛이 흐르기 시작했다.
콰아아아앙!
둘레가 수십 미터는 될 법한 몸뚱이가 폭발을 일으키며 터져 나갔다. 육편이 사방으로 튀며 사왕이 두 쪽으로 갈라졌다.
쿵!
생기를 잃은 머리가 밑으로 떨어졌다.
"이 건방지이이이이인!"
갈라진 틈에서 살아 나온 마도왕이 분노에 찬 비명을 내질렀다.
공간이 찌르르 울렸다.
마력이 일제히 나를 향했다. 피할 수 없겠단 생각이 머릿속을 지배했다.
'여기까지구나.'
그래도 이 정도면 24시간이 아깝지 않았다.
거래가 실패해도 나를 탓하진 못할 것이다.
일종의 보험을 들어 놓은 것 같아 안도감이 들었다.
보이지 않는 마력이 수억 개의 바늘이 되어 나를 겨냥한다.
그리고,
"그 정도로 되겠는가?"
동양풍의 복식으로 화한 흑왕이 암광을 빛냈다.

마도왕이 뭐라 입을 열려는 찰나,

"시끄럽구나."

검은 충격파가 마도왕이 산개시킨 모든 마력을 소멸시켰다.

마도왕은 이를 악물었지만 흑왕에게서 벗어날 수 없었다.

"여유를 부리지 말았어야 했노라."

어느 순간 그림자가 세상을 덮었다.

마도왕은 흠칫했고, 도주를 위해 텔레포트를 사용했다.

"무르다."

흑왕이 손을 뻗었다.

나도 모르게 입이 살짝 벌어졌다.

"그림자가……."

파도친다.

거대한 해일이 되어 지상을 휩쓴다.

산천초목이 빛조차 거부하는 어둠에 잡아먹혀 산화한다.

그곳에 마도왕이 있었다.

드래곤조차 한 수 접어 줄 정도로 마법의 극의에 달한 인물이 그림자를 막아 내지 못했다.

"흑와아아아아앙!"

((시끄럽다, 이년아.))

화룡점정은 사왕이었다.

탈피한 그녀는 인간형이 되어 마도왕 앞에 섰다.

흑왕의 그림자는 사왕을 전부 피해 갔다.
마도왕에게 말했다.
((푹 쉬어.))
맹렬한 독이 그녀를 한 줌 독수로 만들었다.

홀리 가디언 최대 커뮤니티 메인에 기사 하나가 대문짝만하게 걸렸다.
헤드라인은 이러했다.

〈어제 오후, 오행산 인근에서 절대적 존재들이 충돌하다!〉

본문 내용은 오행산에서 3명의 팔왕이 벌인 치열한 전투를 서술하고 있었다.
짧게 녹화된 영상 또한 같이 공개됐는데, 유저들은 그 영상을 두고 홀리 가디언이 준비한 이벤트 정도로 생각하고 있었다.
많은 이들이 열광했다.
가장 강하다고 일컬어지는 유저들조차 그런 광경은 절대 연출할 수 없었으니까.
할리우드에서나 볼 법한 블록버스터 뮤비 같았을 것이다.

눈앞에서 목격한 나 역시 비슷한 생각을 했었으니 더 말해 봐야 입만 아프리라.

"일이 잘 풀려서 다행이야."

나는 마도왕이 쓰러진 직후의 일을 떠올렸다.

"그녀는 죽지 않았다."

흑왕의 말에 나는 인상을 찌푸렸다.

"그게 무슨 말입니까?"

"마도왕에겐 백아흔일곱의 목숨이 있다. 방금 것으로 수십 개의 목숨이 파괴됐겠지만, 어딘가에서 부활했으리라."

백아흔일곱의 목숨이 있는 것도 놀라운데, 방금 죽음으로 수십의 목숨이 사라졌다는 게 더 놀라웠다.

어느새 다가온 사왕이 뻐근한 목을 풀며 말을 덧붙였다.

"그년은 자기 목숨을 쪼개 놓는 방법을 알고 있으니까. 단점이라면 목숨을 잃을 때마다 힘이 줄어든다는 것 정도? 그것도 시간이 지나면 다시 회복되긴 하지만."

"그거 완전 불사신 아닌가요?"

"그건 아니야. 예전에 투왕에게 장난질하려다가 진짜 소멸당할 뻔했거든."

그 말은 투왕이 그녀의 목숨을 일격에 모조리 날려 버릴 수 있다는 뜻인가?

진짜일 거라 생각하니 괜히 섬뜩해졌다.

전생엔 창왕과 마찬가지로 투왕 역시 직접 본 적이 없었다. 그저 다른 팔왕들보다 월등히 강하다는 것밖에 모른다.

"그보다."

흑왕이 나를 쳐다보았다.

"다시 진행토록 하라."

"…여기까지 왔는데, 직접 안 하시는 겁니까?"

그들이 나선다면 나머지 속성석 따윈 10분도 걸리지 않아 모두 회수할 것이다.

사왕이 고개를 저었다.

"마도왕 그년이 쳐 놓은 장난질 때문에 우리도 조금 바빠."

"대체 뭘 했기에……."

"그건 네가 알 필요 없다. 거래를 잊지 말도록."

"수고~"

두 팔왕은 그 말만 남기고 사라졌다.

하야트 역시 내게 힘내라고 말한 뒤 그들과 함께 사라졌다.

다시 현실로 돌아와서.

'결국 거래가 계속 이어졌지만, 방해물이 없는 게 어디야?'

거기다 오행산이 싹 불타서 그런지 던전 입구가 노골적으로 드러나 있었다.

단점은 어제 벌어진 일 때문에 구경꾼들이 꽤 많이 몰렸다는 것.

"무시하고 진행하자."

나는 한시라도 빨리 속성석들을 얻기 위해 분주하게 움직였다.

그렇게 사흘 정도가 지났다.

"후우!"

왠지 한 문장 만에 시간이 흐른 것 같지만 착각이리라.

나는 기분 좋게 얻어 낸 속성석들을 바닥에 가지런히 내려놨다.

파랑, 빨강, 노랑, 회색, 초록까지. 참 예쁜 돌들이었다.

내가 돌 수집가였다면 정말 애지중지했을지도 모른다.

"이제 봉인을 하러 가면 되나?"

봉인 준비는 레바테인의 협곡에 있는 악몽검 앞에 마련해 놨다고 하야트가 말했다.

레바테인의 협곡은 오행산에서 아주 먼 거리에 위치했다. 그리고 아직 공개되지 않은 지역이었기에 지금의 나로선 갈 방법이 없었다.

하지만 지금 나는 퀘스트를 빙자한 거래를 진행 중이었고, 협곡에 가지 못한다면 퀘스트를 클리어하지 못하니,

"짜잔! 이런 게 주어졌지."

하야트가 직접 제작한 레바테인의 협곡으로 향할 수 있는 워프 스크롤.

스크롤을 와락! 찢었다.

빛무리가 전신을 휘감으며 여러 개의 알림음과 알림창이 눈과 귀를 괴롭혔다.

 [띠링! 최초로 레바테인의 협곡에 방문하셨습니다!]
 ['신화'가 잠든 땅이 개방됩니다.]
 [마마야루 대륙 역사서에 그 업적이 영원히 남을 것입니다.]
 [칭호 '잠든 땅을 깨운 자'를 획득했습니다.]
 [대량의 경험치를 획득했습니다.]
 [레벨 업!]
 시작부터 기분 좋은 목소리였다.

제58장

압도적인 힘

신화가 잠든 땅이라고 별 게 있는 건 아니다.

평범한 사냥터처럼 몬스터가 나타나고, 근처에 작은 인가가 있는 정도다.

대한민국으로 치면 경주쯤 되지 않을까?

이건 너무 갔나?

아무튼- 나는 현재 두 팔왕에게 저주를 건 악몽검이 있는 곳으로 향하고 있었다.

"오랜만에 이곳 냄새를 맡으니 기분은 좋네."

어떤 냄새였는지 기억은 안 나지만.

이곳에 와 본 것은 일곱 번째 메인 스트림 클라이맥스 때가 끝이었다.

강림한 레바테인이 모든 것을 불사를 때 나 역시 이 장소에서 놈과 맞섰다.

 당시 한창 이름을 날리던 시절이라(곧장 다음 메인 스트림에서 거하게 똥을 쌌지만) 많은 유저들에게 견제를 받았다.

 그땐 그게 진저리 날 정도로 짜증 났었는데.

 "지금은 다 추억이구나."

 멀리서 보면 희극, 가까이서 보면 비극.

 회귀를 하고 이 말이 굉장히 와닿았다.

 한 발짝 두 발짝 협곡 위에 펼쳐진 드넓은 초원을 거닐며 과거를 회상하고 있을 때였다.

 (형님!)

 가이덴에게 연락이 왔다.

 요즘 내가 퍼 주는 수준으로 지원하고 있는 탓에 순식간에 100레벨을 돌파했다.

 2차 전직도 금방이라고 하니 잔뜩 신이 난 놈이었다.

 놈이 빨리 성장해야 나도 편해진다.

 곧 세 번째 메인 스트림이 '개전(開戰)'할 테니까.

 "왜?"

 (저한테 퀘스트가 하나 내려왔어요. 이런 거 하나하나 다 보고하라고 하셔서.)

 나는 계약할 당시 가이덴에게 중요한 퀘스트나 아이템을

얻게 되면 반드시 연락하라고 당부했다.

　에픽 클래스인 만큼 언제 어디서 중요한 일이 벌어질지 모르기 때문이었다.

　그리고 지금 연락을 한 걸 보면 아마 다음 메인 스트림의 전조와 관련된 퀘스트가 분명하리라.

"어떤 내용인데?"

(그게… 에픽 퀘스트래요. 에픽 퀘스트.)

　가이덴이 천천히 퀘스트 내용을 설명해 주었다.

'역시나.'

　예상대로였다.

　가이덴에게 내려진 퀘스트의 내용은 이러했다.

　마이로스 왕국과 젠트 왕국 접경 지역에서 불온한 움직임이 발견됐다. 사법(邪法)과 관련된 사특한 만행이 벌어지고 있는 것으로 유추된다. 용사는 그곳으로 가 무슨 일이 벌어지고 있는지 조사하라.

　딱 100레벨 수준의 유저에게 내려질 만한 퀘스트였다.

"혼자서 할 수 있겠네."

(어렵진 않을 것 같아요.)

　레벨이 낮아졌어도 가이덴은 생각보다 유능한 플레이어였다. 많은 유저들을 케어하는 최상위 버퍼였으니 의심할 여지가 없으리라.

"마무리 짓고 연락해. 혹은 어려운 일 생기면 연락하든가."

(네, 알겠습니다.)
우리의 대화는 거기서 끝났다.
그날 이후로 사적인 대화는 한 적이 없으니.
오히려 이런 게 더 편하기도 했다.
"다시 가 볼까."
가는 날이 장날이라고.
몇 걸음 떼지 않았건만,
(형!)
이번엔 마왕 후보자 창식이었다.
이놈들이 짜기라도 했는지 시간 차를 두고 연락을 해?
서로 아는 사이도 아니면서.
"왜?"
(재밌는 일이 벌어졌어요!)
"재밌는 일?"
 가이덴과 달리 창식이가 가져오는 정보들은 내게도 모두 새로운 것들이다.
 귀를 쫑긋 세우고 무슨 일이냐고 묻자,
 (저한테 에픽 퀘스트가 하나 내려왔어요!)

"흠……."

협곡 절벽에 걸터앉아 생각에 잠겼다.

100레벨이 됐으니 가이덴에게 퀘스트가 내려온 건 당연한 수순이었다.

한데 창식이에게 내려왔다는 에픽 퀘스트.

그건 시기가 참 묘했고, 퀘스트 내용을 듣는 순간 일이 꼬이려 한다는 걸 직감했다.

"악마 소환에 응하는 게 창식이라니."

두 나라의 접경 지역에서 벌어지고 있다는 사법 행위. 그것은 악마 소환이었고, 가이덴이 조사해서 알아내야 할 목표였다.

한데 그 악마 소환으로 소환되는 게 다름 아닌 창식이었다.

'원래는 다른 악마였는데.'

가이덴이 이번에 진행하게 된 에픽 퀘스트에 대해 알고 있었다. 그건 용사가 최초로 거대한 흐름에 진입하는 스토리였고, 강대한 악마가 접경 지역 인근 마을을 휩쓸어 버리는 대사건이기도 했다.

그때 어떤 악마가 소환됐는지 기억나지 않는다.

아마 지금 창식이 수준은 될 것이다.

'저 지금 253레벨이에요!'

에픽 클래스인 녀석은 어느새 랭킹 100위 안에 들었다.

끝자락이었지만 그렇다 해도 아주 빠른 속도였다.

거기다 녀석의 힘을 생각했을 때 그 수준은 최상위 랭커들과도 맞먹는다.

가이덴이 막아 낼 턱이 없고, 조력자로 참여하는 유저들 또한 창식이의 밥이 되리라.

"젠장…… 좀 꼬이려고 하네."

창식이 또한 제 입장이 있을 테니 함부로 퀘스트를 실패하게 만들 수 없다.

그랬다간 마왕에게 보복당할 수도 있다.

마왕과 관련된 얘기를 듣다 보면 '분노'는 창식이를 그리 신용하지 않는 모양이었다.

그래서 마왕이 내리는 명령을 최대한 성실히 수행하라고…….

내가 조언했었다.

"시불탱."

가이덴의 퀘스트가 실패하게 되면 내가 아는 미래가 전체적으로 꼬이게 된다.

이건 추측이 아닌 확신이었다.

세 번째 메인 스트림은 그곳에서부터 굴러간 눈덩이로 시작되니까.

'마왕 후보자라는 에픽 클래스가 이런 변수로 작용할 줄은 몰랐네.'

일단 시일은 보름 후라고 했으니 아직 여유가 남아 있다.

그 전에 봉인을 끝내고 그곳에 합류해 보자.

✠ ✠ ✠

악몽검은 협곡의 깊은 곳에 잠들어 있다.

전생에도 레바테인을 쓰러트리고 나서 자체적으로 등장한 거라 정확한 위치를 알지 못했다.

흑왕과 사왕 역시 정확한 위치를 알려 주지 않았다.

하야트는 가 보면 자연히 알게 될 거라고 했다.

무책임한 작자들이었다.

나는 절벽에 난 작은 길을 따라 걸었다.

일정한 보폭으로 걷지 않으면 떨어질 수 있을 정도로 좁은 길이었다.

"알기는 개뿔이."

협곡에 들어선 지 여섯 시간 정도가 지났다.

그 안에 몇 번이나 죽을 뻔했다.

익룡처럼 생긴 몬스터들 때문이었는데, 이놈들은 일정한 시간마다 나타나 나를 괴롭혔다.

그렇다고 잡아 죽이기엔 위치가 위치인지라 격렬하게 움직일 수 없었다.

그렇게 또 두 시간을 더 걸었다.

좁은 길이 끝났다.

"후! 살 것 같네."

기형적으로 튀어나온 길이었는데, 넓이가 넓어 여유롭게 서 있을 수 있었다.

나는 허기져 바닥에 주저앉아 인벤토리에 보관한 마른 장작을 모아 불을 피웠다.

지지대를 설치하고 프라이팬을 올렸다.

"밥 좀 먹자."

쟁여 놓은 고기를 꺼냈다. 간장 비슷한 소스에 재워 놓았는데, 아주 잘 배었다.

기름을 두를 필요 없이 팬에 올리자,

지글지글!

거뭇거뭇한 소스가 들끓으며 백연(白煙)이 하늘 끝까지 솟아올랐다.

준비한 허브를 잘게 잘라 그 위에 뿌리자 간장의 진한 냄새와 허브 향이 섞였다.

입에 군침이 돈다.

위드의 뒤집개로 고기를 넘겼다.

뒤집개의 효과로 고기의 탄 부분이 조금만 남고 모조리 지워졌다.

나는 흐뭇하게 완성돼 가는 고기를 보며 입맛을 다셨다.

맛있게 식사를 끝내고 가볍게 몸까지 풀었다.

고기 냄새를 맡고 찾아온 익룡 몬스터들을 뚜드려 팼다.

원래 먹은 직후에 움직이면 건강에 안 좋지만, 홀리 가디언에 소화불량은 존재하지 않았다.

"어으, 일이 참 잘 풀릴 것 같아. 꺼억!"

힘차게 트림을 하고 이쑤시개로 이 사이사이에 낀 고기 조각을 빼냈다.

맛있는 것도 먹었겠다, 다시 움직여야겠다.

또다시 하염없이 길을 걸었다.

좁은 길목에서 몬스터를 만나고, 어찌어찌 쫓아냈다. 레벨이 높아 이런 곳에서 잡아 죽일 엄두는 나지 않았다.

그렇게 얼마나 걸었을까.

"아!"

이런 뜻이었구나.

허공에 조각 난 유리 파편이 떠 있는 것처럼 반짝거린다. 오색 빛깔이 공간을 휘젓는데, 신비롭기까지 했다.

"가 보면 알 수 있을 거라더니."

하야트의 말이 맞았다.

그만큼 멀긴 했지만, 규모를 짐작키 힘든 협곡에서 열 시간 내로 찾아낸 거면 가까운 수준이었다.

안으로 들어갔다.

짤랑이는 소리와 함께 협곡의 배경이 거짓말처럼 사라졌다.

그리고,

"…오랜만에 보네."

녹슬 대로 녹슨 흑검이 바닥에 박혀 있다.

볼품없이 생긴 검이었지만, 저것이야말로 레바테인의 핵을 담고 있다고 추측되는 '악몽검'.

악몽검을 중심으로 5개의 마법진이 둥글게 포진해 있었다.

마법진은 하얀 실선으로 이루어져 있었는데, 그것들이 모여 거대한 하나의 마법진을 완성시켰다.

"저 위에 속성석을 올리면 되려나?"

마법진은 저마다 상징하는 속성이 있었다.

인벤토리에서 다섯 속성석을 꺼냈다.

각 속성을 상징하는 마법진 위에 하나씩 올렸다. 그리고 뒤로 물러나 거대 마법진에 마력을 불어넣었다.

"생각보다 익숙해 보이는군."

또다.

또 방해꾼이 나타났다.

나는 마법진에 손을 올린 채 가만히 있었다.

괜히 누군지 확인하려고 고개를 돌리지도 않았다.

"현명하다."

목소리의 주인은 내게 잘했다며 칭찬해 주었다.

우스웠지만 나로선 어쩔 도리가 없었다.

상대가 내뿜는 어마어마한 힘의 압박은 팔왕까진 못 되

어도 하야트와 대등해 보였다.

"누구십니까?"

올올이 풀려나는 마력을 모두 회수했다.

목소리의 주인이 크큭 웃었다.

'이런 말은 없었잖아······.'

마도왕과 한패일 가능성이 높다.

이곳은 오행산 때처럼 누군가의 도움을 바랄 수 없었다. 오로지 내 능력으로 상황을 타개해야 하는데, 절대적인 힘을 가진 적 앞에서 할 수 있는 건 그리 많지 않았다.

마법진에서 손을 떼고 자리에서 일어났다.

압박감은 바로 뒤에서 느껴졌다.

짧게 숨을 들이켜고 몸을 돌렸다.

그 순간 나는 들이켠 숨을 토해 냈다.

"···당신?"

그곳에 흑발을 한 하야트가 서 있었다.

"그가 움직였습니다."

"그년 정말 많은 걸 준비해 놨었네?"

사왕이 불쾌한 얼굴로 눈살을 찌푸렸다.

흑왕은 침묵한 채 허공을 응시했다.

하야트가 말을 이었다.

"알딘으로선 그를 막을 방법이 없습니다. 설마 마도왕의 손에 전락했을 줄은……. 죄송합니다. 제 탓입니다."

"아니, 네 탓이 아니다. 그걸 뽑아낸 건 나였으니. 문제는 아무래도 그 건방진 꼬마로군. 속성석을 모조리 빼앗기고, 역으로 악몽검까지 완전히 해방될 수도 있겠어."

"…그렇게 된다면."

"우린 다 죽는 거지, 뭐."

사왕이 대수롭지 않게 대꾸했다.

나른한 듯한 목소리 때문에 위기감이 없지만 그녀의 말은 농담이 아니었다.

악몽검이 완전히 풀려나는 순간 저주는 급속도로 진행될 것이고, 흑왕과 사왕은 제물이 되어 완전체 레바테인이 강림하게 된다.

마마야루 대륙은 물론이고 초거대 결계로 감춰진 아틀란티스, 그 외 변두리 대륙까지 모조리 불타 버릴 것이다.

그렇게 되면 레바테인과 동급의, 혹은 그 이상의 신화적 괴물들이 줄줄이 부활하게 된다.

거기까지 가면 세상은 종말을 고할 것이다.

"하지만 우리에겐 막을 방법이 없어. 마도왕 그년이라면 또 몰라도."

워프 스크롤이 있으니 순식간에 레바테인의 협곡으로 갈

수 있다. 하나 악몽검이 있는 곳까진 아무리 빨라도 30분.

그 정도 시간이면 알딘은 수백 번 죽어도 이상하지 않으리라.

"괜찮다."

그때 흑왕이 입을 열었다.

그의 입가엔 묘한 미소가 맺혀 있었다.

사왕이 왜 괜찮냐고 묻자,

"알딘의 뒷배는 레바테인보다 강대한 존재니까."

그가 자신의 후인을 죽음에 이르게 둘 리 없다.

그것도 신화적인 참사가 벌어지는 문제라면 더욱이.

✟ ✟ ✟

하야트는 아니었다.

단순히 머리색만 다른 게 아니라 느껴지는 기운부터가 완전히 이질적이었다.

"당신은 누구야?"

남자의 입꼬리가 비죽 위로 솟았다.

얼굴은 똑같은데 전혀 다른 미소였다. 끈적한 악의를 담은, 평소라면 피하고 봤을 얼굴이었다.

남자가 내게 손을 뻗었다.

재빨리 뒤로 걸음을 옮겨 피했다.

압도적인 힘 · 147

"그 정도 거리 차는 없는 것과 다름없음을 알 텐데?"

로그아웃을 할까?

그 전에 이곳에서 로그아웃이 되기는 하나?

조용히 시스템창을 열고 누구보다 빠르게 로그아웃 버튼을 눌렀다.

[로그아웃이 되지 않는 지역입니다.]

역시나다.

"뭔가 하려 했군?"

남자가 한쪽 눈을 치켜뜨며 묻는다.

물밀듯 몰려오는 살기에 숨이 막혔다.

허공에 고대의 문자들이 떠올랐고, 그 뒤로 어둠이 힘을 이루어 넓게 퍼졌다.

그놈의 어둠은 개나 소나 다 다루는 모양이다. 당장 나만 해도 그렇고.

'하야트의 것과 비슷해.'

하지만 색이 다르고 성질도 조금 다르다.

하야트의 하얀빛은 겉으로 보기와 달리 이질적이고 밝은 느낌이 아니었다. 그러나 불쾌하진 않았다.

남자의 어둠은 하얀빛과 비슷하지만 여러 부분에서 많이 달랐다.

"하야트와는 무슨 관계지?"

"그건 네가 알 바 없다, 모험가."

고대의 문자들이 파르르 떨며 힘을 형상화하기 시작했다.

모두 공격 계열로 널리 알려진 속성들과는 전혀 다른 힘으로 구성되어 있었다.

예를 들어 혼돈 같은 거라든가.

"너는 여기서 죽고, 네가 준비한 제물을 이용해 나는 악몽검을 완전히 해방시킬 거다. 크크큭! 크하하하!"

남자가 좋아 죽겠는지 광소를 터트렸다.

작위적인 행동 같아 보였지만 중요한 건 남자가 하려는 짓이었다.

지금 내 힘으로는 절대 못 막는다. 여기서 도망치는 것도 불가능했다. 누군가 도와주지 않는다면 개죽음을 당할 것이고, 레바테인은 두 팔왕의 목숨을 제물 삼아 완전하게 강림하겠지.

그 이후는 상상만으로 끔찍하다.

'나 때문이란 게 밝혀지면 진짜 살인 청부업자가 올지도 몰라.'

홀리 가디언에 돈을 때려 박은 갑부는 상상을 초월할 정도로 많다.

"이만 꺼져라."

"젠장!"

고대의 마법과 어둠이 나를 향해 쏟아졌다.

이런 상황까지 몰리니 화도 나지 않는다.

조용히 눈을 감았다.

[오델론이 당신을 주시합니다.]

그런 목소리였다.

반사적으로 눈을 떴다. 동시에 남자의 당황한 음성이 귓가를 때렸다.

"뭐, 뭐야!"

모든 마법과 어둠이 일제히 사라졌다.

옆을 돌아보았다.

"아……."

"아는 뭐가 아냐. 모자란 녀석."

오델론이 낮게 혀를 찼다.

그는 남자를 향해 고개를 돌렸고, 평소와 같은 표정으로 걸음을 내디뎠다.

남자의 안색이 급격히 나빠졌다. 힘을 끌어내리는 것 같은데 잘 안 되는지 사색이 되어 간다.

오델론이 답지 않게 히죽 웃었다.

"아무것도 나오질 않나 보지?"

"무슨 짓을 한 거지?"

"말이 짧구나."

오델론이 손바닥을 펼쳤다.

정말 평범한 제스처였다. 팔을 앞으로 내밀고 다섯 손가락을 길게 뻗은 것뿐이니까.

한데 남자는 그저 경악할 뿐이었다.
"어떻게… 어떻게 이곳에 있을 수 있는 겁니까?"
남자가 공손해졌다.
이때까지 오델론이 누구인지 몰랐던 모양이었다.
오델론이 손가락을 접자 남자의 무릎이 제 것이 아닌 양 구부러졌다.
쿵!
땅에 무릎이 닿는 소리가 요란했다.
"크윽!"
남자는 저항하는 듯 보였지만 겉으론 아무런 티가 나지 않았다. 아, 얼굴이 붉어지고 관자놀이 위로 혈관이 울긋불긋 솟기는 했다.
"너는 어둠을 훔쳤을 뿐. 그러니 아무것도 못한다."
"계획이… 거의 성공했는데!"
"틀렸다."
"나는… 우리는 틀리지 않았어!"
절박한 목소리로 남자가 외쳤지만 오델론은 코웃음을 칠 뿐이었다.
"틀렸다. 저 녀석을 타깃으로 삼은 순간부터 모든 게 틀렸어."
"크아아아아!"
"발광해도 소용없다. 만약 이런 일이 아니었다면 네가 저 녀석을 죽여도 상관하지 않았을 거다. 무한한 부활이 허락된 모험가니까."

하지만.

오델론이 마지막 말에 힘을 주었다.

"건방지게 '신화'에 손을 대선 안 되었다. 그것도 내 후인이 하는 일에 말이다."

"나는 여기서 끝나지만, 당신은 걱정해야 할 것입니다. 영원한 대죄인이여!"

"그건 네가 거론할 문제가 아니다, 필멸자. 그리고."

오델론이 손을 뻗자 인력이 발생하며 남자를 끌어당겼다. 목이 붙잡히자 컥! 소리를 냈다.

"그걸 위한 후인이다."

파지지직-

푸른 번개가 오델론의 몸을 휘감았다.

오델론은 살짝 움찔했지만 그뿐, 크게 내색하지 않았다.

남자가 웃었다.

"푸흐흐……. 인과율이 당신을 억제하려 드는군요."

"이만하면 손해는 아니지. 손해는 내가 인과율을 무시하지 않고 이곳에 오지 않았을 때 발생했겠지."

"…당신에게도 좋은 거 아닙니까? 레바테인이 강림하면 세상엔 혼돈이 찾아올 테고, 신마(神魔) 구분하지 않고 강림할 수 있는 인과율을 얻었을 텐데!"

모든 걸 포기한 것 같던 남자가 목에 힘을 주고 소리쳤다. 눈에 잔뜩 선 핏발은 그의 감정을 절절히 대변해 주고 있었다.

"우리에게만 좋은 게 아니잖아! 생각해 보면 오히려 당신이야말로 이 상황을 기꺼워해야……!"

"시끄럽구나."

콰직!

남자의 목이 기형적으로 뒤틀렸다.

오델론이 손을 놓자 축 처진 시체가 바닥에 떨어졌다.

"끝난… 겁니까?"

"한심한 후인 때문에 직접 나서는 수고를 범했으니 끝내야지."

오델론을 옭아매는 인과율의 번개가 한층 더 강해졌다.

"못 버티겠군. 마무리를 잘 짓도록 해라."

그는 날파리를 쫓듯 손을 내젓고 몸을 돌렸다.

번개가 그를 감싸며 흔적도 없이 사라졌다.

나는 혼자 덩그러니 남아 남자의 시체를 보았다.

그것도 파스슥- 먼지가 되어 사라졌다.

"롤러코스터를 타는 기분이네."

정신머리가 없다.

그래도 다행이었다. 오델론이 나타나지 않았다면 꼼짝없이 죽었을 것이다.

그리고 그가 했던 말이 꽤나 기분이 좋았다.
"내 후인이 하는 일이라……."
살짝 인정받은 기분이 들었다.
나는 자리에서 일어나 가볍게 몸을 풀었다.
그래, 내가 해야 하는 일을 좀 해 보자고.
다시 거대 마법진에 손을 올려 마력을 방출했다.
마법진 전체가 환하게 빛나며 속성석이 올라간 마법진들이 그 색에 맞춰 빛을 뿜어낸다.
악몽검이 부르르 떨기 시작했다.

✠ ✠ ✠

바스락!
'요도의 주인' 세토가 정면에 놓인 돌 인형을 보았다.
수많은 인형이 놓여 있었는데, 그중 하나가 방금 깨졌다.
"테햐가 죽었군?"
테햐는 알딘을 습격한 하야트를 닮은 괴한이었다.
세토는 요도 무라마사를 들고 방을 나섰다.
-무슨 일이야, 파트너?
"일이 꼬였다."
세토는 짧게 대답하고 미로 같은 연구실을 어렵지 않게 주파했다.

그가 도착한 곳은 맨들맨들한 철제로 이루어진 거대한 문 앞이었다. 판타지풍 세계관인 홀리 가디언에서 보기 힘든 현대적 디자인이었다.

벽에 손을 올리자 마력이 방사되어 그의 지문을 읽었다.

[삐빅! 신원을 확인하였습니다. '세토' 님께서 입장하십니다.]

치이익-

공기가 거하게 빠져나가며 문이 좌우로 갈라졌다.

스산한 한기가 전신을 훑고 지나갔다.

"무슨 일이지?"

안에서 익숙한 목소리가 들려왔다.

하얀 가운을 입은 깔끔한 인상의 남자였다. 미남이라곤 할 수 없지만 못 봐줄 정도는 아니었다.

세토는 그를 보며 혀를 찼다.

"또 모습을 바꿨군."

"하하! 아무래도 사람들 앞에 나서려면 징그러운 것보단 이런 게 낫지 않겠어? 나중 가면 그딴 게 다 무슨 소용이겠냐마는."

남자는 그리 대꾸하며 히히 웃었다.

세토가 눈을 가늘게 뜨고 남자의 이름을 불렀다.

"어이, 키리코."

키리코라 불린 남자가 환한 얼굴로 돌아본다.

그런데 그것이 참 기괴했다.

보통 사람이 목을 돌리면 몸도 어느 정도 같이 돌아간다. 근육이 모두 이어져 있기 때문이다.

한데 저놈은 목만 돌아갔다. 마치 분리가 가능한 것처럼. 아니, 처럼이 아니다.

"아."

똑!

레고 장난감의 머리를 뽑아내는 듯한 소리.

툭 하고 키리코의 머리가 떨어졌다.

드러난 목의 단면 안에 혈관이 자리를 찾지 못하고 연신 꿈틀거린다. 혐오스러운 광경이었다.

"머리 떨어졌네. 고정이 잘 안 된단 말이지."

그런 엽기스러운 모습에도 아랑곳 않고 키리코는 제 머리를 주워 다시 목 위에 올렸다.

갈라진 살가죽이 본드로 이어붙인 것처럼 하나가 되었다.

"그래서 왜 불렀어?"

"하아⋯⋯. 너란 녀석은."

세토는 잠시 할 말을 잃었지만 방금 보고 온 것만큼은 전해야 했기에 입을 뗐다.

"테햐가 죽었다."

"⋯뭐?"

키리코는 잘못 들은 얼굴로 되물었다.

"테햐가 죽었다고."

"지랄하지 마."

내내 환한 얼굴만 하던 키리코가 정색했다.

눈동자가 점 크기로 줄어들며 눈이 벌레의 그것처럼 확장된다.

전신에서 오돌토돌한 털이 자라나나 싶더니 온갖 기괴한 다리들이 뻗어 나왔다.

단단한 갑각이 피부를 감싸고, 등에선 수십 개의 날개가 자라나 활짝 펼쳐졌다.

세토는 징그러운 외형에 토악질이 나왔다.

-어우, 저 정도로 역겹기도 쉽지 않은데.

무라마사도 똑같은 생각이었다.

"테햐가 왜 죽어? 그 녀석을 죽일 수 있는 인물이 얼마나 된다고!"

마력이라고 부르기도 힘든 힘이 폭발적으로 솟구쳤다. 연구실의 기물들이 힘의 폭풍에 휩쓸려 쓰레기처럼 나뒹그라졌다.

세토가 어깨를 으쓱였다.

"그것까진 나도 모르지. 인형이 부서졌을 뿐이니까."

"마도왕은? 마도왕은!"

"내가 어떻게 알겠냐?"

세토는 아는 게 거의 없었다.

일단 NPC들이 하는 일엔 별 관심이 없었고, 키리코 역시 중요한 회의엔 그를 참석시키지 않았다.

키리코가 분노에 몸을 떨었다.

"대체 누가… 누가 그를……!"

"키리코 니이이임!"

그때 문을 열고 난장이가 하얀 가운을 펄럭이며 들어왔다. 난장이는 거친 숨을 몰아쉬며 바닥에 무릎을 꿇었다. 아무래도 달려오느라 다리에 힘이 풀린 모양이었다.

"무슨 일이야?"

"테햐 님이 죽었습니다!"

"이런 개 같은! 그건 방금 들었어! 어떻게 죽었지?"

"어떻게 아셨습니까? 인형을 가지고 계시지도 않으면서. 아, 네가 말한 겁니까?"

"지금 그딴 게 중요해!"

키리코가 윽박질렀다.

난장이가 어깨를 움찔하며 알아낸 정보를 풀기 시작했다.

그것들을 듣고 있던 키리코와 세토의 표정이 시시각각 변했다.

하지만 두 사람의 표정 변화는 전혀 달랐다.

세토는 웃고 있었고, 키리코는-

"크아아아아악! 그 개 X 같은 새끼! 또! 또! 방해르으으으을!"

키리코의 눈이 돌았다.

이성을 반쯤 잃은 그는 거뭇거뭇한 숨을 토해 냈다.

독기였다.

"알딘……. 이 빌어먹을 개잡종 새끼."

키리코의 시선이 난장이에게 닿았다.

"악마 소환은 어떻게 되고 있지?"

"칠흑의 마왕이 관여했다고 합니다."

"칫! 칠흑인가. 어쩔 수 없지. 그걸 이용한다. 그리고 모든 걸 파멸시킬 테다. 알딘을 쳐 죽이겠다!"

키리코의 분노가 다시 한 번 알딘을 향했다.

✦ ✦ ✦

[띠링! 해방되기 직전의 악몽검을 일시적으로 봉인하셨습니다!]

[칭호 '악몽에서 구원한 자!'를 획득하셨습니다.]

[봉인에 성공한 효과로 한 달간 '세상을 구원한 자' 효과가 적용됩니다.]

[당신은 세상을 두 손으로 직접 구원했습니다.]

['구원의 신격'의 격이 소폭 상승합니다.]

봉인이 끝났다.

나는 검게 녹슨 악몽검을 보았다.

처음 왔을 때도 볼품없는 디자인이 한층 더 볼품없게 변했다.

이로써 흑왕과 사왕에게 걸린 저주가 해제됐을 것이다.

완벽한 봉인은 아니라고 했으니 일곱 번째 메인 스트림은 예정대로 진행될 것이다.

아마도?

"그나저나 소폭 상승이라니."

세계가 멸망할 뻔했는데, 신격의 격은 그다지 성장하지 않았다.

당연하다면 당연했지만 조금 김이 빠졌다. 그래도 칭호와 버프 효과를 얻었으니 그리 나쁘진 않았다.

[악몽에서 구원한 자!]
모든 능력치 +30
신성력 +20

[세상을 구원한 자]
한 달간 모든 능력치가 15퍼센트 상승합니다.
선제공격형 몬스터들이 당신에게 고마움을 느껴 선제공격을 하지 않습니다.

"나쁘지 않네."

칭호는 평범했고, 버프는 생각보다 좋았다. 어딜 가나 선공 몬스터들은 귀찮은 법이니까.
 나는 오랜만에 기지개를 켰다.
 "이제 돌아가서 진짜 보상만 받으면 끝이다."
 과연 두 명의 팔왕은 내게 무엇을 줄까?
 벌써부터 기대가 되었다.

광전사가 죽지 않아!

 나는 꽤나 당돌하게 두 팔왕에게 임무를 성공하면 초월급 스킬, 혹은 그에 준하는 기물을 3개씩 달라고 요구했다.
 지금 생각해 보면 회까닥 돌아 버린 게 아닌가 싶은 제안이었다. 사왕이 그 건방짐에 언약까지 사용하지 않았던가.
 하지만 봉인은 성공했고, 흑왕과 사왕은 저주에서 자유로워졌다. 이제 그들은 내 요구를 들어줘야만 한다.
"후……."
 나는 하야트의 거처 앞에 섰다.
 들어오라는 듯 문이 열려 있었고, 작은 등불도 으스스하게 원통형 계단을 밝혔다.
 최대한 심호흡을 하고 아래로 내려갔다.

언약까지 걸린 거래였으니 내 요구를 들어줄 수밖에 없겠지만 한편으론 두렵기도 했다.

 팔왕은 제멋대로인 존재들.

 흑왕은 그나마 정상적인 성격의 소유자지만, 사왕은 자신의 기분에 따라 행동이 천차만별 달라진다.

 '내가 저주 해제에 큰 공을 세웠다 해도 자기가 짜증 나면 날 죽이려 할지도 몰라.'

 사왕이라면 능히 그러고도 남는다.

 철문 앞에 섰다.

 하야트가 고대의 마법으로 연 문인 만큼 안에서 열어 줄 때까지 잠자코 기다렸다.

 철컥! 차라락-

 잠금장치 풀리는 소리가 요란하다.

 문 가운데 그어진 세로선에서 희미한 빛이 새어 나왔다.

 선이 점차 벌어지며 그 빛을 더했고, 곧이어 내부 전경이 한눈에 들어왔다.

 "왔는가."

 "……."

 가장 먼저 흑왕이 내게 인사를 건넸고, 사왕은 빨대로 음료를 들이켜며 멀뚱히 나를 보았다.

 하야트는 집사처럼 흑왕 뒤에 공손히 서 있었다.

 "네. 지금 막 왔습니다."

"일단 앉지."

하야트가 뒤에서 손가락을 튕기자 뿅 하고 의자가 튀어나왔다. 그것참 편리한 마법이다.

의자에 앉자 흑왕이 본격적으로 얘기를 시작했다.

"악몽검을 성공적으로 봉인시켰더군. 덕분에 저주에서 완전히 해방되었다. 고맙다는 말을 전하지."

"뭐, 싫어도 했어야 하는 일이니까요. 안 했으면……."

힐끔 사왕을 보았다.

그녀는 평소와 달리 순진무구한 얼굴로 나를 뚫어지게 보고 있었다.

흑왕이 피식 웃었다.

"우리에게 제안했던 게 초월급 스킬이나 그에 준하는 기물 3개라고 했던가."

대답하지 않았다. 괜히 '그렇습니다요.' 했다가 사왕의 분노를 살 것 같았다.

"솔직히 말해서 너한테 그렇게까지 주고 싶지 않다."

"예?"

이번 건 반사적으로 목소리가 튀어나왔다.

그런 조건으로 거래를 했으면서 주고 싶지 않다니.

그러면 거래를 왜 했단 말인가?

"워워, 사람 말은 끝까지 들어 봐."

흑왕이 진정하라며 손을 내저었다.

떨떠름한 표정으로 그를 보았다.

"주고 싶지 않은 것과 별개로 사왕이 언약을 행사했기 때문에 수지타산이 어긋나고 말았어."

"그렇죠. 제가 실패하면 모든 모험가들이 엄청난 피해를 입을 텐데. 솔직히 말해서 이 거래도 제 손해라고 생각했습니다. 아시잖습니까? 이번에 어떤 적들이 방해하려 들었는지."

랭킹 1위 제로스와 팔왕 중 하나인 마도왕, 정체를 알 수 없는 하야트를 닮은 괴인.

지금 생각해 봐도 임무를 성공했다는 사실이 믿어지지 않았다. 제로스를 꺾은 것도, 마도왕을 격퇴시킨 것도, 오델론의 등장으로 괴인을 죽인 것도 모두.

"전 받을 자격이 차고 넘칩니다."

흑왕도 인정한다는 듯 고개를 주억였다.

눈동자만 굴려 사왕을 보았다.

그녀는 처음 들어왔을 때와 똑같이 빨대만 빨고 있다.

그런데 저 잔은 무슨 화수분도 아니고, 마실 게 계속 나오나 보다.

'빨대를 하루 종일 물고 있네.'

그만 신경을 껐다.

사왕이 무슨 행동을 하든 보상만 확실히 챙겨 주면 그만.

"나는 네게 3개씩이나 주진 않을 거다."

"그 말뜻은 즉……."

"끝까지 들어 보라니까."

흑왕이 옅은 미소를 지으며 품에서 뭔가를 꺼냈다. 뭔가가 담긴 검은 보자기였다.

"이거 하나면 초월급 스킬, 혹은 그에 준하는 기물 3개의 가치는 할 터."

하야트가 그걸 받아 내게 가져왔다.

그걸 들고 흑왕을 보자 턱짓하며 풀어 보라 했다.

잘 매듭지어진 보자기 끈을 풀었다.

"아!"

절로 탄성이 튀어나왔다.

유광이 흐르는 검은 구슬이었다. 양손으로 쥐어야 할 만큼 알맹이가 컸는데, 드문드문 무지갯빛이 흐르는 것이 심상치 않아 보였다.

"모험가들은 어떤 물건인지 확인할 수 있는 능력이 있다던데."

"안 그래도 확인해 볼 참이었습니다."

초월급 스킬 3개를 이거 하나로 퉁치려 한다.

겉으로 봤을 때 분명 대단해 보이긴 하지만 과연 이게 그럴 만한 가치가 있을까?

"상태창."

검은 구슬의 상태창이 허공에 떠올랐다.

[아포피스의 눈]

등급:신화

분류:장비 제작 재료

설명:신화가 살아 숨 쉬던 시대, 신들조차 쉬이 감당할 수 없는 악룡 아포피스의 눈이다. 이것으로 무구를 제작하면 필히 지상에 재앙을 가져올 만한 사악하고 강력한 것이 완성되리라.

"……!"

아포피스!

지구의 신화에선 이집트 신화의 라의 숙적으로 등장하는 악룡.

홀리 가디언에선 신화시대의 신들조차 두려워한 강력한 악룡.

그것의 레플리카도 아닌 진품이 손에 들어왔다.

놀란 얼굴로 흑왕을 보았다.

"그 정도면 3개 값은 치를 수 있겠나?"

"…차고 넘칩니다."

무려 신화 등급의 제작 재료였다.

아직까지 신화 등급의 무언가가 발견됐다는 소식이 들리지 않았다. 그 말인즉 이것이 최초라는 뜻.

'장비가 아니라 칭호 등은 얻지 못한 모양이지만.'

그건 문제조차 되지 않았다.

"오래전에 손에 넣은 것이다. 굳이 나한텐 필요하지 않아 제작하지 않았지만, 너는 다르겠지."

"지당하신 말씀입니다."

이걸로 무기를 만든다면 천하의 보검이 부럽지 않고, 갑옷을 만든다면 그 어떤 공격도 두렵지 않으리라.

물론 레벨이 통용되는 구간까지는.

'…이건 바로 제작에 돌입하자.'

어차피 고렙이 됐을 때 얻을 장비들은 다 생각해 두었다. 하지만 지금은 아니었다.

신화급 무기를 만들어 지금 구간을 순식간에 주파해 랭킹 1위에 도달하는 것.

그것으로 충분하다.

거기다 재료의 양을 생각했을 때 무기를 만드는 것으로 그치지 않고 남은 재료를 모아 액세서리까지 제작할 수 있을지도 모른다.

'아포피스의 눈'을 인벤토리에 넣으려는데, 흑왕이 말을 걸었다.

"참."

"하실 말씀이라도?"

"서비스로 그걸 다룰 수 있는 장인을 소개시켜 주지."

이건 또 웬 떡!

안 그래도 이만한 재료를 다룰 수 있는 대장장이를 찾는 게 쉽지 않을 거라 생각하던 참이었다.

흑왕의 인맥이라면 충분히 가능할 터.

나는 사양하지 않고 그러겠노라고 대답했다.

다음은 사왕이었다.

"……."

사왕은 제 차례가 돌아왔는데도 아무 말 하지 않고 나만을 응시했다.

이것도 계속되니 조금 부담스럽다.

"저기… 사왕께선 언제……."

그녀의 눈치를 보다 조심히 말을 꺼냈다.

흑왕은 재밌다는 얼굴이고, 하야트는 평소의 무덤덤한 얼굴이었다.

빨대를 쭉쭉 빨던 사왕이 입을 뗐다.

까맣던 빨대에 담긴 내용물이 밑으로 내려가자 분홍색을 드러냈다. 저게 원래 색이었던 모양이다.

대체 뭘 먹고 있는 거지?

"너한테 줄 걸 조금 고민해 봤어."

앳된 소녀의 목소리가 귀를 간지럽힌다.

"나 역시 흑왕처럼 하나만 줄 거야."

'아포피스의 눈'과 동급이라면 대환영이다.

"스킬을 줄까 싶었지만 딱히 네가 쓸 만한 것도 없고."

사왕의 말대로 그녀의 힘은 나와 전혀 맞지 않는다.

"흑왕처럼 굉장한 물건을 갖고 있지도 않아."

음? 그럼 대체 뭘 준다는 거야?

사왕이 자리에서 일어나 터벅터벅 내 앞까지 다가왔다.

그녀는 내 양 뺨을 붙잡더니 박력 넘치게 자신의 얼굴 앞으로 끌어당겼다.

나는 눈을 휘둥그레 뜨고 기겁하며 뒤로 물러났다.

입술 위로 손을 올렸다.

방금 그 촉감은 대체 뭐지?

정면을 보자 사왕이 장난기 가득한 얼굴로 웃고 있다.

"무, 무슨 짓을?"

"키스 안 해 봤어?"

"그 말이 아니……!"

따지려 들자 사왕이 손가락 3개를 들어 내 말을 끊었다.

"세 번."

"예?"

"네가 필요로 하면 언제 어디서든 도와주지."

"그게 무슨…….."

"방금 그 키스는 그걸 위한 단말. 네가 무슨 짓을 하든 나를 원한다면 전심전력을 다해 도와주겠어. 당연히 대가 없이."

그 말에 머리가 멍해졌다.

팔왕의 일좌를 차지한 절대자가 단 세 번, 전심전력을 다해 도와준단다.

고작해야 세 번이라고 할 수도 있겠지만 내 생각은 달랐다.

팔왕은 전생에서도 유저가 쉽게 닿을 수 없는 인간계 최강자들이었다.

'그녀를 이용한다면.'

정말 많은 걸 해낼 수 있다.

너무 많아 손가락으로 감히 셀 수조차 없었다.

어떻게 이용하느냐에 따라 '아포피스의 눈'보다 더 높은 가치를 지녔다.

"좋습니다."

이건 거절할 이유가 1도 없다.

흔쾌히 수락하자 사왕이 한 번 더 내 얼굴을 끌어당겼다.

"읍!"

"이건 서비스."

"하하하!"

사왕이 억지로 한 번 더 입을 맞췄고, 흑왕이 시원하게 웃어젖혔다.

하야트도 입꼬리가 살짝 올라간 걸 보니 웃긴 모양이었다.

나만 찝찝한 얼굴로 입술을 박박 문질렀다.

외형은 귀엽고 예쁜 소녀라도 본체를 아는 이상 전혀 기쁘지 않다.

2명의 팔왕은 먼저 자리를 떴다.

나도 한숨을 돌린 다음 그만 일어나려고 했다.

"알딘, 할 말이 있다."

"무슨……. 아, 나도 너한테 할 말 있어."

"아마 같은 내용일 거다."

하야트가 대충 알 것 같다는 듯 대답해 왔다.

"네가 봉인지에서 만난… 나와 똑같이 생긴 남자에 대해서겠지."

"알고 있었구나."

"너를 감시하거나 한 게 아니다. 그 남자를 감시하고 있었기 때문에 알게 된 거지."

하야트의 얼굴에 씁쓸함이 묻었다.

사연이 있는 얼굴이었다.

나와도 관계된 일이었기에 단도직입적으로 물어보았다.

"그는 대체 뭐지? 당신과 굉장히 흡사하지만 이질적인 어둠을 다루던데."

"그에 앞서 해 줄 말이 있다. 아니, 말보다는 짧게 기억을 보여 주는 편이 효율적이겠군."

"뭣……!"

대꾸하기도 전에 하야트가 자신의 엄지를 내 이마에 올렸다.

고대의 문자가 새겨지며 눈앞에 영상이 재생되기 시작했다.

"여긴……?"

배경이 바뀌었다.

나는 넓은 연구실에 홀로 서 있었는데, 기다란 원통형 유리관이 5개 정도 일정하게 배치돼 있었다.

그 안엔 녹색 액체가 끓어오르고 있었다.

"키리코의 연구실 같잖아."

키리코의 연구실이 이런 분위기다.

중세풍과는 거리가 먼, 현대적인 시설에 가까운.

주변을 둘러보다 구석에 유리관이 하나 더 놓인 걸 발견했다.

그곳엔 아이 하나가 호흡기를 단 채 잠들어 있었다.

머리카락을 절반을 나누어 흑백이 구분돼 있다.

"그런데 되게 낯익은······."

어디서 본 것 같은 외형.

유심히 들여다보니 누구와 닮았는지 금방 알아낼 수 있었다.

하야트였다.

"어릴 적··· 인가?"

밝혀진 게 거의 없어 잘 모르겠다.

유리관에 손을 올렸다. 그대로 쑥 통과된다.

"아, 기억 속이라······."

이곳에선 실체가 없는 모양이었다.

그때였다.

치이익-

공기 빠지는 소리와 함께 반대편에 있는 자동문이 열렸다.
하얀 가운을 입은 전형적인 박사가 들어왔다.
박사는 거침없이 하야트가 든 관 앞에 섰다.
"흐음……. 거의 다 완성됐나?"
'완성?'
의미를 알 수 없는 말이었다.
박사가 허공에 손을 올리자 마력이 일렁이더니 상태창 같은 것들이 떠올랐다.
조작기인 모양이었다.
박사가 재빠른 손놀림으로 그것들을 건드렸다.
빠그르르르—
유리관 속 액체가 크게 출렁이며 거센 거품을 잔뜩 발생시켰다.
그 순간이었다.
"어… 어!"
박사가 놀란 얼굴로 다급히 허공에 떠오른 것들을 조작하기 시작했다.
뭔가 잘못된 모양이었다.
"이럴 순 없어!"
손가락을 놀리는 속도가 점점 빨라지고, 박사의 눈동자는 데굴데굴 구르다 뽑힐 것 같았다.
어느새 아랫입술을 깨물고 있다.

화면들이 붉게 빛나며 'ERROR'라는 글자가 사방에서 삐애액 울리기 시작했다.

"실패… 라고?"

말도 안 돼.

박사가 믿을 수 없다는 음성으로 읊조린다.

그리고-

아이가 눈을 떴다.

콰아아아앙!

유리관에서 엄청난 폭발이 발생했다.

실체가 없는 나는 폭발의 영향을 받지 않았지만 박사는 진즉에 휩쓸려 흔적도 없이 사라졌다.

나는 가만히 선 채 충격받은 얼굴로 시선을 내렸다.

폭발이 끝나고, 두 아이가 바닥에 쓰러져 있었다.

그들은 각각 백발과 흑발을 하고 있었다.

✥ ✥ ✥

증강 현실로 재생되던 영상이 끝났다.

나는 묘한 얼굴로 하야트를 보았다.

"방금 건 뭐지?"

"네가 본 그대로다."

하야트는 짧게 대답했다.

내가 본 그대로라……
즉, 내가 해석한 게 맞다고 시인하는 것이다.
"백발이 당신이고, 흑발이……."
"너를 죽이려고 했던 그 녀석이지."
덤덤하게 말했지만 하야트의 안색은 그리 좋지 않았다.
이유를 묻지 않아도 알 수 있었다.
검은 하야트는 이곳에 있는 하야트와 동일 인물이었으니까.
"어, 음……."
뭐라 해 줄 말이 없다.
뭐가 어떻게 된 건지는 모르겠지만 내가(정확히는 오델론이) 그의 반쪽을 죽인 건 사실이었다.
정당방위였어도 남은 반쪽 앞이었다.
내가 떨떠름하게 있자 하야트가 피식 웃었다.
"그런 얼굴 할 필요 없다. 그놈이랑은 좋은 관계도 아니었고. 오히려 견원지간 같았지."
"그렇구나……. 그런데 이 얘기를 나한테 하는 이유가 뭐야? 말을 꺼낸 이유가 있을 것 같은데."
"너는 이런 면에선 꽤나 냉정하군."
그 말에 어깨를 으쓱여 줄 뿐이다.
하야트는 인정한다는 듯 고개를 끄덕였다.
"네 말대로다. 이런 얘길 굳이 꺼낼 필요가 없지. 너한테 부탁하고 싶은 게 있다."

"어떤 부탁이지?"

하야트 같은 NPC가 주는 퀘스트는 언제나 환영이다.

난이도는 분명 높겠지만 그만큼 달달한 보상이 기다리고 있을 것이다. 경험치도 짭짤하게 들어올 테지.

성공하면 하야트라는 강력한 NPC의 깊은 호감도 살 수 있고 말이다.

"그 녀석……. 테햐가 속해 있던 조직에 관해서다."

"그놈 이름이 테햐였군. 그런데 속해 있던 조직이면… 마도왕과도 관련된 곳이잖아."

마도왕이든 테햐든 악몽검의 봉인을 막으려고 했다.

목적이 부합했다는 건 함께 일을 도모했을 가능성이 매우 높다. 거기다 테햐란 인물이 하야트의 또 다른 반쪽이라면 추측은 확신이 되고도 남는다.

역시나.

하야트는 부정하지 않았다.

"사실 너의 힘을 생각한다면 이런 부탁, 해선 안 된다."

얼핏 들으면 나를 무시하는 것 같지만 그만큼 조직의 힘이 강하다는 뜻이었다.

"하지만 넌 모험가다. 죽되, 부활하는 엄청난 권능을 가진 모험가."

"그러니까 내가 죽어도 상관없다, 이 말이냐?"

이건 조금 기분이 나쁜데.

아무리 부활한다지만 그로써 내가 입는 손해는 천문학적이다. 당장 랭킹 2위인 데다 소유하고 있는 아이템들은 하나같이 값비싸다.

또한 시간적 손해는 말해 봐야 입만 아팠다.

"그렇게 들렸다면 미안하다. 하지만 너희 모험가들에게 그 권능은 인지를 초월한 능력. 그 능력을 십분 빌려 조직을 조사할 수만 있다면 세상을 집어삼키려는 거악을 지금 시기에 저지할 수 있다."

세상을 집어삼키려는 거악?

몇 개의 세력이 머릿속에 스쳐 지나갔다.

'바벨토라니아'.

'검은 탑'.

'혈교(血敎)'.

하나같이 메인 스트림에 관여했으며, 홀리 가디언을 공포에 몰아넣었던 거악들.

'혈교'는 동방에서 발호한 세력이니 생략.

'검은 탑'은 흑마법사들이 모여 만든 곳.

이곳은 위의 세력 중에서도 독보적으로 위험하다. 하지만 아틀란티스에서 활동하기에 생략.

남은 건 '바벨토라니아'.

때마침 하야트가 입을 열었다.

"조직의 이름은 '바벨토라니아'. 미치광이 과학자들의 소굴이며, 현재 대륙을 노리고 있는 거악 집단이다."

✥ ✥ ✥

'바벨토라니아'란.

쉽게 말해 수많은 악(惡)을 스폰서로 두어 세상을 지배하려는 간악한 무리들이다.

그들은 하나같이 과학자로 이루어졌으며, 인체 실험 따윈 조직에 속할 수 있는 자격 정도로밖에 생각지 않는 자들이 모인 곳이다.

1부라고 할 수 있는 메인 스트림 초반 3부를 담당하며, 대미를 장식할 키리코 역시 그곳에 속해 있었다.

"이게 또 이렇게 되네?"

공교롭다고 해야 하나.

하야트에게 받은 퀘스트를 열었다.

['바벨토라니아 조사' (1)]
하야트는 마마야루 대륙을 위협할 거악 바벨토라니아를 견제하기 위해 당신에게 조사를 맡겼다. 그가 조사한 바에 따르면 바벨토라니아는 밴시드 해협에 숨겨져 있다고 한다. 인근 마을을 조사하여 바벨토라니아로 향하자.

보상:골드, 경험치

나는 입꼬리가 치솟는 걸 참을 수 없었다.

처음에야 내 목숨을 소모품으로 봐서 짜증이 났지만, 지금은 그냥 개꿀이었다.

회귀자인 내가 바벨토라니아의 위치를 모를까?

그리고 그곳에서 무슨 일이 벌어지고, 어떤 사건이 터질지 관계자보다도 더 잘 알고 있었다.

고민할 필요가 없다.

"거래소에서 워프 스크롤부터 구해야겠군."

밴시드 해협은 금역이다.

오행산과 비슷한 난이도에 바벨토라니아의 미치광이들이 만들어 낸 키메라가 산처럼 쌓여 있는 곳이다.

등장 키메라의 평균 레벨은 4~500 사이.

지금의 내게도 상당히 벅찬 곳이었다.

다행이라면 그곳의 지형을 생각보다 빠삭하게 알고 있었다.

"잠깐만. 가기 전에 이것부터."

인벤토리에서 '아포피스의 눈'을 꺼냈다.

흑왕에게 이것을 재련할 수 있는 대장장이를 소개받았다. 무기 제작부터 맡겨 놓고 퀘스트를 진행하는 편이 나으리라.

'괜히 죽었다 떨구면 나만 손해니까.'

대장장이는 대륙의 극남 지방에 있었다. 나와는 인연이 많지 않은 곳이지만 그곳을 탐험하는 유저들도 많아 스크롤의 수량이 제법 많았다.

사막 도시 '아지랑'의 스크롤을 찢었다.

✠ ✠ ✠

뜨겁게 작열하는 햇볕과 황금빛 모래가 산을 이루고 있는 거대한 사막.

그 위에 아지랑이로 뒤덮인 사막 도시가 있었다.

바로 아지랑이었다.

"엄청나게 덥네."

추위와 더위를 어느 정도 초월했는데도 이곳의 사막은 불볕이란 표현조차 무색할 정도로 끔찍했다.

코앞에 있는 건물이 비틀거릴 정도니.

일단 수분을 보충해 줄 음료를 몇 통 샀다.

대장장이는 스크롤이 닿지 않는 외딴 곳에 혼자 있다고 한다.

그곳까지 걸어서 대략 반나절.

지금부터 사막을 횡단해야 한다.

"젠장······. 사막에 낙타는 필수 아닌가?"

아지랑에도 낙타는 있다. 다만 일반인들이 타고 다닐 건 없었다. 취급도 하지 않았다.

몬스터들 때문이었다.

위쪽 동네와 달리 이곳은 빠르게 도주할 수 있는 구조가 아니다. 낙타는 사막을 달리는 데 특화되긴 했지만 몬스터들은 그보다 빨랐다.

"하는 수 없지."

도시를 벗어나 광활하게 펼쳐진 사막을 보았다.

발가락 끝을 번갈아 가며 바닥을 툭툭 찼다.

"달려 보자고."

지금의 내 체력이라면 지형이 어떻든 일주일 내내 쉬지 않고 달려도 무리가 없다.

나는 쏜살같이 사막을 주파해 나가기 시작했다.

깡! 깡!

안에서 요란한 망치 소리가 울려 퍼졌다.

아지랑을 벗어난 지 네 시간.

나는 힘이 닿는 선에서 질주해 대장간 앞에 도착할 수 있었다.

생각보다 여유로웠다.

달리는 내내 조금 지루하긴 했다. 풍경이 워낙 일관적이어야지.

하늘은 파랗고, 땅은 금빛이니.

2개의 색만 아직까지 남아 있을 따름이다.
"어우, 눈 아파."
눈을 비비며 대장간의 문을 두드렸다.
"계십니까."
대답은 들려오지 않았다.
그저 깡깡- 울릴 뿐이다.
다시 노크를 했다. 요번엔 조금 세게 쾅쾅 두드렸다.
"계십니까!"
치이이익!
열심히 담금질한 쇠를 물에 식히는 중인가 보다.
그래, 워낙 내부가 시끄러워 못 들었을 수도 있다.
한 번 더…….
"계십니까아!"
쾅!
"억!"
쇠문이 벌컥 열리며 코가 짓뭉개졌다.
나는 바닥을 나뒹굴었다.
"어떤 개잡놈 새끼가 아까부터 문을 두드려!"
성난 노인의 목소리였다.
나는 코를 문지르며 찡그린 눈으로 목소리의 주인을 보았다.
"어?"

그러곤 아픈 것도 모른 채 놀란 눈을 했다.
"코끼리?"
눈앞에 코끼리가 서 있었다.
더 정확히는 코끼리 인간이.

"탈리스가 보냈다고?"
탈리스는 흑왕의 이름이었다.
"예."
나는 아직도 얼얼한 코를 문질렀다.
게임에서 통증이 이렇게 오래 가는 것도 드문데, 운도 없다.
코끼리 인간, 가뭄이 혀를 차며 기다란 코로 얼음주머니를 건넸다.
"웬 얼음주머니입니까?"
"이곳이 너무 더워 내가 쓰려고 가져다 놓은 거다."
가뭄이 코로 얼음주머니가 담긴 상자를 가리켰다.
마법적 장치가 돼 있는 모양인지 얼음은 하나도 녹지 않았다.
감사를 전하고 주머니를 코에 댔다.
뜨끈한 것이 순식간에 가라앉아 기분이 좋아졌다.
"그래, 무엇을 만들고 싶어서 이곳까지 온 거냐. 모험가가."
그는 한눈에 내가 모험가라는 걸 간파했다.

혼돈의 아이 • 187

이런 외진 곳까지 모험가의 얘기가 흘러 들어온 모양이었다.

"다름이 아니고."

인벤토리에서 '아포피스의 눈'을 꺼냈다.

그러자 가뭄이 흥미로운 얼굴을 했다.

사실 흥미로운 얼굴을 한 건지는 모르겠다. 코끼리 표정 따위 내가 어떻게 읽겠는가?

"어디 보자고."

가뭄이 코로 '아포피스의 눈'을 들었다. 위아래로 돌려가며 자세히 보는 게 과연 장인다웠다.

"엄청난 걸 들고 왔군. 못해도 신화시대의 것 같다만."

"아포피스의 눈입니다."

"허!"

아포피스라는 말에 가뭄은 탄식인지, 탄성인지 모를 소리를 냈다.

그는 고개를 끄덕이며 '그렇군.'이라 중얼거렸다.

"뭘 만들고 싶지?"

"가능하시겠습니까?"

대답 대신 그에게 조심스럽게 물었다.

역시나 가뭄의 눈초리가 사나워졌다. 하나 그것도 곧 미소가 되어 대장간이 무너져라 폭소를 터트렸다.

"쿠하하하! 쿠하하하하!"

갑자기 가뭄이 왜 웃는지 몰랐다.

나는 살짝 당황한 채 코끼리 인간을 바라보았다.

그가 커다란 웃음소리를 거두었다.

"재밌는 인간이구나. 감히 내게 가능하냐고 묻다니. 나에 대해 아예 모르는군."

"흑왕이 이곳으로 인도하셨을 뿐, 들은 게 없습니다. 그냥 가뭄 님이라면 가능할 거라고만……."

회귀자인 내게도 가뭄은 생소한 인물이었다.

그가 커다란 입을 위로 끌어당겼다.

"모르면 모르는 대로 있어라. 안다고 해서 달라지는 것도 없으니."

"으음……."

그렇게 말하면 더 궁금해지는 법인데.

본인은 알려 줄 생각이 없는 것 같으니 나중에 따로 알아보자.

"그래, 뭐가 만들고 싶다고?"

"검입니다. 이것과 비슷한 크기의."

"레플리카로군."

역시나 뛰어난 장인답게 한눈에 아스칼론의 본질을 간파했다.

내가 놀란 눈을 하자 대수롭지 않다는 듯 손을 저었다.

"이 정도쯤은 자신을 당당하게 대장장이라 칭할 수 있는

혼돈의 아이 • 189

이라면 어렵지 않다."

"그, 그렇군요."

"검이라……. 굉장히 사악한 것이 탄생할 수도 있다."

"상관없습니다."

그 말을 하며 잠깐 어둠을 일으켰다.

가뮈의 눈이 가늘어졌다.

"네놈……. 그렇군. 재밌는 녀석이다. 확실히 이것은 사악하고 끔찍한 보물이지만 감당할 수 있겠어. 그만 나가라."

"대, 대금은?"

"확실히 그것도 중요하지. 그건 완성시킨 후에 책정하도록 하겠다. 그게 맞을 것 같으니까."

"…일리가 있군요. 그럼 언제쯤 찾아오면 되겠습니까?"

"보름. 딱 보름 후 이 시간에 오도록."

나는 짧게 대답하고 대장간을 나섰다.

과연 무엇이 탄생할지 벌써부터 기대가 된다.

두근거리는 심장을 부여잡고 인벤토리에서 스크롤을 꺼냈다.

"이제 맡은 바 소임을 다해 보도록 할까?"

목적지는 밴시드 해협의 중심 도시, 아쿠아였다.

광전사가 죽지 않아!

 콧잔등 부근에 주근깨가 잔뜩 난 여인이 다급하게 산을 내려가고 있다.
 유명한 말괄량이를 떠올리게 하는 땋은 양 갈래 머리가 몸과 함께 들썩였다.
 크라라라!
 슈로로!
 뒤에서 불쾌한 울음소리가 들려왔다.
 여인은 겁에 질린 얼굴로 연신 뒤를 힐끔 보았다.
 밤이 내려앉은 산은 어두웠고, 어둠 속에서 형형한 안광이 그녀를 쏘아본다.
 "엄마……!"

어쩌다 이런 곳까지 오게 된 걸까.

여인은 자신에게 퀘스트를 준 NPC를 떠올렸다.

분명 위험한 건 없을 거라고, 충분히 해낼 수 있을 거라고 강조했다.

거짓말이었다.

여인, 로제타가 폴짝 뛰어올랐다. 아처 클래스인 만큼 누구보다 민첩했다.

순식간에 나무 위로 올라 등에 멘 활을 쥐었다.

어둠 속 안광이 빠르게 쫓아오고 있다.

'도망칠 수 없어.'

로제타는 민첩했고, 산에서도 다른 유저들에 비해 자유롭게 움직일 수 있다.

하지만 그녀를 추격하는 괴생물체들은 그보다 빨랐다. 특히 산과 같은 지형에서 생물체가 보일 수 없는 움직임을 선보였다.

아니, 그건 스킬을 사용하면 어떻게든 감당할 수 있다.

진정으로 무서운 건 따로 있었다.

'어둠 속에서 너무 잘 움직여.'

마치 대낮인 양 어둠에 개의치 않는다.

아처 클래스도 누구보다 시력이 뛰어나고, 어둠 속에서 자유로운 편이었다.

상대조차 되지 않았다.

지금껏 사냥해 온 몬스터들이 이런 기분이었을까?

지금 로제타는 쫓기는 사냥감이었다.

"차라리 맞서자."

값비싼 미스릴로 제작된 화살촉.

그걸 무려 세 대나 화살통에서 뽑아 시위에 걸었다.

어둠 속에서 바짝 쫓아오던 안광들이 일제히 멈췄다.

갈라진 나뭇가지 사이로 달빛이 스며든다.

광원(光源)이 땅을 비추며 안광의 정체를 서서히 드러냈다.

로제타가 눈살을 찌푸렸다.

봐도 봐도 적응이 안 되는 외형이었다.

재규어의 다리에 리자드맨의 몸통, 뱀의 꼬리, 산양의 머리를 한 괴물들.

심지어 종류는 저것만 있는 게 아니었다.

이 지형에서 저놈들이 가장 잘 움직이기에 온 것뿐이다. 저것보다 더 끔찍하고 강한 개체가 이 기괴한 산에 잔뜩 서식하고 있었다.

로제타가 놈들의 머리 위에 떠 있는 이름을 읽었다.

"키메라……."

[키메라 Ver. 3.1] [417레벨]

모든 놈들이 그녀의 레벨보다 1.7배 정도 더 높다.

실시간으로 길드원들이 그녀에게 괜찮으냐고, 살아 나올 수 있겠냐고 연락을 보내고 있다.

짧게 한숨을 내쉬고 시위를 당겼다.

"젠장……."

피융-

세 발의 화살이 쏘아짐과 동시에 모든 키메라가 일제히 전진했다.

✤ ✤ ✤

밴시드 해협은 멀리서 본다면 정말 아름다운 관광지이다. 일전에 방문한 아카드 해협도 멋지긴 했지만 이곳과 비교할 바가 못 된다.

드넓게 펼쳐진 에메랄드 바다 하며, 뻥 뚫린 것 같은 맑은 하늘 위에 걸려 있는 솜사탕 같은 구름들.

높은 곳에서 내려다보는 전경은 여느 휴양지 못지않다. 실제로도 하와이를 모티브로 제작된 곳이라 나중엔 많은 유저들이 찾는 관광 명소로 이용되었다.

하지만 반짝이는 겉모습과 달리 그 내부는 썩을 대로 썩었다.

밴시드 해협 대륙 방면에서 가장 큰 도시는 체인락(Chain Rock).

온갖 범죄 조직이 들끓고, 마약이 횡횡하며, 길을 가다 돌연사한 시체도 자주 목격되는 곳이다.

이곳뿐만이 아니다.

체인락을 중심으로 해협의 주축을 이루고 있는 도시들 전부가 똑같았다.

훗날 붙을 이름이지만, 유저들은 해협을 잇는 대륙 방면의 도시들을 이렇게 불렀다.

크라임 폴리스(Crime Polis).

대륙 동부(동방을 포함)를 아우르는 거대 범법 지대의 중심이다.

체인락에 도착한 지 하루가 지났다.

원래라면 바로 퀘스트를 진행할 생각이었다.

해협의 아름다운 풍경을 보니 요즘 힘든 일도 많았고, 하루쯤은 쉬어 가도 괜찮겠다 싶었다.

"좋구나."

체인락은 전생에도 꽤 많이 찾은 도시였다.

아름다운 해변을 갖춘 이곳은 현실의 휴양지와 비교해도 전혀 꿀리지 않았다.

오히려 마법적인 편의가 더해져 몸은 더 편했다.

나는 선글라스를 고쳐 쓰고 바닷가를 보았다.

아름다운 미녀들이 맑은 바닷물에서 뛰어 놀고 있다.

하나같이 NPC라는 점이 아쉬웠다.

괜히 입맛을 다시며 주문한 음료를 들이켰다.

파란 색감의 탄산이 가미된 음료였는데, 이름이 뭐였는지 모르겠다.

알레까숑 어쩌고 한 것 같은데. 애초에 지구의 언어가 아니다.

"여유롭다, 여유로워~"

평소 같았으면 동분서주하면서 미친 듯이 뛰어다녔겠지만, 이번만큼은 아니다.

누군가한텐 죽음이 확정된 극악한 난이도의 퀘스트일지라도 나에겐 너무 손쉬웠다.

['바벨토라니아 조사' (1)]

하야트는 마마야루 대륙을 위협할 거악 바벨토라니아를 견제하기 위해 당신에게 조사를 맡겼다. 그가 조사한 바에 따르면 바벨토라니아는 밴시드 해협에 숨겨져 있다고 한다.

인근 마을을 조사하여 바벨토라니아로 향하자.

보상:골드, 경험치

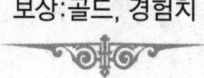

"후후후!"

비록 첫 번째 퀘스트지만 바벨토라니아를 찾아가기만 하면 된다.

어렵지 않았다. 그곳의 위치 정도는 아무리 오래됐다 해도 똑똑히 기억하고 있었다.

"슬슬 가 볼까?"

하루 종일 이곳에서 푹 쉬었다.

깔끔한 스위트룸에서 오래도록 뒹굴기도 했고, 값비싼 레스토랑에서 스테이크도 썰었다.

그러다 이게 현실이 아니라는 생각에 살짝 우울해졌지만, 그게 뭐 어떤가.

"다음엔 셀리느랑 같이 와야지."

요즘도 쉬지 않고 사냥하는 그녀다.

나보다 셀리느가 더 바빠 데이트는커녕 연락도 잘 못하는 실정.

"이게 무슨 연애인지~"

나는 고개를 저으며 자리에서 일어났다.

남은 음료를 한 번에 들이켜는 것도 잊지 않았다.

해가 수평선 너머로 넘어가는 시간.

붉게 타들어 가는 해안을 보며 나 역시 출발할 준비를 마쳤다.

바벨토라니아는 이곳에서 가까웠다.

그럴 수밖에 없었다.

그 미치광이 집단을 지원해 주는 자가 체인락의 주인인 샤마크 백작이었으니까.

어둠은 순식간에 찾아왔다.

나는 전생의 기억을 최대한 되살려 바벨토라니아로 향했다.

작은 평원을 지나면 바다를 끼고 있는 산 하나가 나타난다.

바벨토라니아는 산 너머에 있는 협곡 지하에 있었다.

들어가는 입구가 백여 개에 달했는데, 왜 그렇게 입구가 많은지는 지금도 알지 못했다.

순식간에 산을 주파했다.

정상에 올라 협곡을 보았다.

어둠에 가려져 선명하게 보이지 않지만, 광안을 사용하니 마력이 집중된 곳이 곳곳에 보였다.

수십여 개쯤 되는 마력이 점처럼 사방에 퍼져 있다.

'입구'였다.

"저곳이 좋겠군."

그중 가장 마력 양이 희박한 곳을 골랐다.

저곳이 가장 약한 부분이다.

단숨에 하산했다.

하루 푹 쉬었으니 정신적으로도, 육체적으로도 완벽한 상태.

주변을 경계하며 목적지로 내달렸다.

아주 은밀했기에 어지간한 실력자가 아니라면 발소리조차 듣지 못할 것이다.

그런데 뭔가 이상했다.

'뭐지?'

불길함처럼 피어오르는 위화감은 계속해서 나의 육감을 자극했다.

뭔가 부족하다.

뭐가 부족한지 기억을 떠올려 보려 했지만 흐릿한 안개가 낀 것 같았다.

오래된 기억의 폐해였다.

'기억나겠지.'

위화감이 크지 않은 걸 보면 중요한 문제는 아니니. 여차하면 도망칠 방법도 하루 동안 궁리해 놨다.

도착한 곳은 작은 바위 앞이었다.

입구는 보이지 않았다. 그렇다는 건 이 바위가 입구라는 말.

"그놈들이라면."

바위 아래를 보았다.

평범하게 울긋불긋한 협곡의 땅이다.

딱히 특별해 보이는 건 없었다.

"장치 같은 게 없나?"

보통은 이 바위를 밀어내거나 하는 장치가 근처에 있을 텐데, 보이지 않는다.

혹시 너무 강한 마력 파장이 새어 나오는 것뿐인가?

고개를 저었다.

아무리 생각해도 그럴 리는 없다.

"설마?"

문득 스쳐 지나간 생각.

바위에 양손을 댔다.

자신의 개성을 광기에 맡겨 뽐내고 싶은 자들이 이런 방식을 택할 리 없지만.

분명 그럴 테지만.

"왠지."

나는 슬쩍 입꼬리를 올리고 바위를 밀었다.

드드득-

작다 해도 바위는 바위.

압도적인 질량이 응축된 덩어리였다. 나의 근력이 초인적이라 해도 미는 데 어느 정도 힘이 들 수밖에 없었다.

하지만 바위는 스르르, 요란한 소리를 내지 않고 손쉽게 밀렸다.

"허허! 이런 일차원적인 방식을."

협곡의 중심에 있는 제1문은 온갖 기형적인 장치로 도배되어 여는 것도 힘들다.

전생에 광안이란 스킬이 있었으면 참 편했을 텐데.

그리 중얼거리며 아래로 내려갔다.

"잠시……."

그때 뒤에서 여자 목소리가 들렸다.

"음?"

뒤를 돌아보았다.

전신이 상처투성이인 여자였다.

한데 누군가를 굉장히 닮았다.

어릴 때 TV에서 잠깐 보았던…….

"삐삐?"

"아하……."

"후우……. 고마워요. 덕분에 살았어요."

삐삐와 똑 닮은 여인, 로제타는 지친 몰골로 감사를 표했다.

그나저나 어릴 때 본 삐삐가 크면 딱 이렇게 생겼을 것 같다.

내가 신기해하며 유심히 보자 로제타가 부끄러운지 고

개를 숙였다.

그제야 내 실수를 깨달았다.

"아, 미안합니다. 삐삐랑 너무 똑같이 생겨서."

"하하……. 그런 말 많이 듣네요."

"커스터마이징하신 거예요?"

"헤어스타일만? 머리색은 그대로예요."

그렇구나.

작게 중얼거렸다.

그래도 놀라웠다.

머리만 양 갈래로 땋은 거니 얼굴과 그 외적인 건 모두 오리지널이다.

삐삐란 캐릭터를 잘 모르지만(내 기준으론 너무 오래됐다) 개성적인 외형은 지금도 선명하게 기억했다.

"그런데 어쩌다 여기까지?"

로제타의 레벨은 이제 막 250을 돌파한 수준이었다.

전 세계 플레이어 중에선 꽤 높은 편이었지만 금역에 오기엔 많이 부족했다.

그녀 역시 제 처지를 잘 알고 있었다.

"어떤 퀘스트를 받았어요. 이곳을 조사해 달라는."

로제타가 손가락으로 땅 밑을 가리켰다.

"어렵지 않다고 했고, 보상도 꽤 세서 흔쾌히 받아들였죠. 한 몸 빼내는 데 자신도 있었고."

아처 클래스라는 건 이미 들어서 알고 있었다.

누구보다 민첩하니 사각지대가 아니고선 여차하면 몸을 빼낼 수 있는 작자들이다.

"실패했어요. 퀘스트를 준 사람의 말과 달리 굉장히 어려웠고, '키메라'란 괴물들은 끔찍이 강했죠."

키메라는 가장 약한 개체도 400레벨을 넘어간다.

"도망칠 수 없어 맞서 싸우기로 결정했어요. 어차피 죽을 거 한 놈이라도 잡아 보자 마음먹었죠."

그래서 값비싼 미스릴까지 동원했다.

"당연히 실패했고, 진짜 죽을 뻔했을 때."

로제타가 하늘을 보았다.

기묘한 남자가 나타났다.

어둠 속에서 기분 나쁜 기운이 흐르는 곡도를 쥔 남자였다.

그는 몰려오는 키메라들을 단신으로 도륙했다.

"엄청났죠."

살면서 그렇게 강한 유저는 실제로 본 적이 없었다.

그는 모든 키메라를 죽이고 로제타에게 말했다.

"한 번만 더 눈에 띄면 죽이겠다, 그랬어요."

"그런데 왜 이곳으로 돌아왔죠?"

한 번 구원받은 목숨이다.

로제타가 쓸쓸하게 웃었다.

"반했나 봐요. 꼭 다시 보고 싶더라고요."

이건 뭐…….

✥ ✥ ✥

"와……. 이렇게 유명한 사람 살면서 처음 봐요!"

우리는 파티를 맺었다.

자연히 내 이름이 떴고, 현재 있는 장소와 내 이름을 매치했을 때 그녀는 경악하고 말았다.

"랭킹 포식자……. 와아……."

로제타는 말괄량이일 것 같은 이미지와 달리 꽤나 예의가 발랐다.

이게 정상적인 거긴 하지만 내심 기대했는데.

"그래서 그 사람을 다시 만나면 어쩔 건데요?"

"모르겠어요."

"하이고……. 뭐, 그건 그쪽이 알아서 할 문제이니."

"그런데 정말 제가 따라가도 괜찮겠어요? 짐이 될 수도 있는데."

"아처는 의외로 조사에 많은 도움이 되죠."

딱히 그녀가 안쓰러워서 파티를 맺은 건 아니다.

아처 클래스는 원거리 공격도 공격이지만 탐험과 조사에 특화되었다.

특히 은밀함만큼은 암살자 클래스 다음갔는데, 로제타

수준이라면 충분히 도움이 된다.
"가 보죠."
"네."
우리는 가장 마력이 미약한 입구 앞에 섰다.
서로 눈을 맞추고 고개를 끄덕인 뒤 계단을 내려갔다.

✥ ✥ ✥

"어딜 다녀오지?"
키리코가 등도 돌리지 않은 채 물어본다.
세토는 가던 걸음을 멈추었다.
"그걸 내가 왜 말해야 하지?"
"건방 떨지 마라, 모험가. 너는 쓸 만해서 데리고 있을 뿐, 무조건 필요한 장기 말이 아니다."
수십 겹으로 빛나는 벌레의 눈이 번뜩였다.
키리코의 몸은 90퍼센트 벌레화가 진행된 상태였다.
보기만 해도 구역질이 나오는 역겨운 형태.
세토가 눈살을 찌푸렸다.
"볼 때마다 역겹게 변하는군."
"흥! 나약한 인간의 육체 따위, 아무것도 이룩하지 못하지."
"글쎄."
길고 짧은 건 대봐야 안다.

키리코가 다시 운을 뗐다.

"적당히 설쳐라. 우리의 아군으로 남아 있고 싶다면 말이지."

비릿하게 웃는 입이 벌레의 그것처럼 사방팔방으로 갈라졌다.

세토는 불쾌한 얼굴을 하고 그곳을 벗어났다.

키리코의 연구실을 벗어나자 요도 무라마사가 말을 걸어왔다.

-파트너! 왜 참는 거야?

자신의 파트너가 모욕을 당했다 생각하는지 잔뜩 화가 난 목소리였다.

"시기상조니까."

-끄응……. 그놈의 시기상조! 만약 네가 웹소설 주인공이었다면 고구마라고 독자들이 대거 하차했을 거다!

"고난 끝에 사이다가 오는 법. 그보다 웹소설은 어떻게 아는 거야?"

-남이사!

무라마사가 제대로 삐쳤는지 더 이상 아무 말도 하지 않았다.

세토는 피식 웃으며 자신의 애검을 문질렀다.

머지않았다. 그 말을 해 주고 싶지만 설레발은 필패.

남자는 결과로 말하는 법이다.

그리고 그때가 된다면 그 어떤 유저도 이룩하지 못한 업적을 얻게 될 터.

세토는 그날만을 기다리고 있었다.

'계획이 실행되는 날.'

현재 이곳 '바벨토라니아'에서 준비 중인 거대한 계획.

그날, 모든 걸 뒤집어엎으리라.

그는 일단 자신의 방으로 걸음을 옮겼다.

그 순간 귀기를 심어 놓은 장소에 2개의 마력 반응이 느껴졌다.

고개가 번쩍 들렸다.

'누구지?'

바벨토라니아의 중심부에서 가장 먼 곳이자 혹시 몰라 직접 만들어 놓은 비밀 문이었다.

그곳의 존재를 아는 이는 자신과 키리코뿐이다.

하지만 키리코는 침입자의 존재를 알지 못한다. 오로지 그의 귀기로만 뒤덮여 있는 장소였기 때문이다.

"어떤 개미 새끼냐."

부디 별것도 아닌 개미기를 바랄 뿐이다.

[퀘스트 "바벨토라니아 조사' (1)'을 클리어하셨습니다!]

[경험치를 획득했습니다.]

[500골드를 획득했습니다.]

아래로 진입하자 퀘스트가 클리어되었다.

보상은 짭짤하지 않았다.

딸랑 500골드라니, 실망스럽다. 연계 퀘스트니 보상이 크진 않을 거라 생각은 했다만…….

['바벨토라니아 조사' (2)]

당신은 성공적으로 바벨토라니아에 진입했습니다.

이제 내부를 조사하여 그들이 무엇을 꾸미는지 밝혀내어 복귀하십시오.

보상:하야트의 스킬북, 경험치, 골드

두 번째 퀘스트도 시작되었다.

보상이 하야트의 스킬북이란다.

팔왕에 미치진 못하지만 특이한 힘과 고대의 마법을 사용하는 그였다.

스킬북은 충분히 기대해 볼 만한 가치가 있다.

"조심히."

좁고 어두운 계단을 천천히 내려왔다.

그러곤 주변을 둘러보았다.

사람의 손길이 거의 닿지 않는 곳인지 주변은 먼지가 퀴퀴하게 쌓여 있었다.

불은 기대할 수도 없었다.

신성력으로 빛을 만들어 주변을 밝혔다.

어두울 때도 더러워 보였는데, 밝아지니 차마 눈 뜨고 보질 못하겠다.

"숨 쉬기도 힘드네."

"발길이 거의 끊긴 곳인가 봐요."

우리는 좁은 통로를 지나 안쪽으로 향했다.

내부는 텅 빈 것처럼 아무런 인기척도 느껴지지 않았다.

중심부였다면 어느 정도 길을 알지만, 이곳은 처음 와 보는 곳이라 방향을 찾을 수 없었다.

가뜩이나 미로처럼 되어 있는 곳이다.

내가 알기로 바벨토라니아의 미치광이들도 직접 설계한 길만 사용한다고 들었다.

모르는 길을 이용하면 대부분 길을 잃는다고 한다.

"말끔한 길로 가 보죠."

선두는 로제타가 섰다.

아무래도 아처 클래스다 보니 그녀가 앞에 서 흔적 등을 쫓는 게 더 나았다.

그 뒤를 천천히 따라갔다. 혹시 모를 적의 습격에 대비하기 위해 잔뜩 기감을 올려놓은 채로.

'아무도 없어.'

하지만 잡히는 건 없었다.

조금 더 엷게, 넓게 퍼트렸다.

과연 넓은 곳이다. 나의 힘이 적지 않은데도 그 끝을 모르고 뻗어 나간다.

그러다 뭔가를 스치고 지나갔다.

로제타의 어깨를 붙잡았다.

"왜 그러세요?"

"뭐가 옵니다."

"예?"

아주 빠른 속도로 달려오고 있다.

마력은 단숨에 거두었다. 이대로 유지하면 역추적의 원인이 된다.

"발각됐어요. 다른 곳으로 움직입시다."

"어, 어떻게?"

"제가 흘린 마력을 감지했어요. 상당한 실력자입니다. 이곳으로."

로제타의 손목을 이끌고 방향은 생각하지 않은 채 막 움직였다.

그렇게 대여섯 개의 모퉁이를 돌았을 무렵, 우리는 지문 인식 기계가 달린 문을 발견했다.

"…홀리 가디언은 중세 배경을 바탕으로 한 게임 아니었어요?"

"판타지에 그런 거 하나하나 신경 쓰면 골치 아픕니다."

문 옆에 달린 팻말을 보았다.

〈안토니 잭팬〉

알고 있는 이름이었다.

'이 녀석의 연구실이란 말이지.'

바벨토라니아의 미치광이 중에서도 끝자락 서열인 애송이 과학자.

지금은 부재중인지 이름 팻말 아래 X가 그어져 있었다.

다시 이동을 시작했다.

안토니 잭팬을 시작으로 여러 미치광이들의 연구실 앞을 지나쳤다. 그중엔 바벨토라니아의 실질적인 주인이라 할 수 있는 '아즈마탄'의 연구실도 있었다.

이곳 역시 부재중이었다.

아즈마탄은 정말로 위험한 과학자다.

메인 보스를 차지하진 못했지만 네 번째 메인 스트림의 중간 보스 격으로 등장했다.

최후가 비참한 악역 베스트 5에 자주 들어간다.

왜 비참한지는 스토리를 진행하다 보면 알게 된다.

"이곳은 되게 불길해 보이네요."

로제타는 아처 클래스답게 눈썰미가 상당히 좋았다. 외형은 다른 연구실 문과 크게 차이가 없는데도 위화감을 찾아냈다.

"그렇네요."

대충 맞장구쳐 주고 다시 움직였다.

퀘스트를 클리어하려면 무조건 중심부로 가야 한다.

'대연구실'.

그곳에 그들의 목적이 담긴 문서가 잔뜩 보관되어 있을 것이다.

한창 걷고 있을 때, 로제타가 손을 들었다.

걸음을 멈추고 조용히 물었다.

"무슨 일이시죠?"

"뭔가 있어요."

마력을 퍼트릴 수 없는 지금 모든 걸 로제타에게 맡겨야 한다.

로제타가 눈을 크게 떴다. 그러자 홍채가 노랗게 물들며 황금빛이 흐르기 시작했다.

아처 클래스의 시력 강화 스킬인 '호크아이'였다.

"…카메라들이에요."

"우리가 들어온 게 알려졌나 봅니다."

들통난 게 아까 전인데, 너무 늦다 싶었다.

나는 괜히 혀를 차며 검 손잡이를 쥐었다.

"그런데 공격에 특화된 키메라들이 아니에요."

"그럼 무슨 키메라인데요?"

"작은… 눈이에요. 눈이 맞나? 눈동자 같은 게 꽤 많이 달려 있어요. 박쥐 날개 같은 걸 달고 이곳으로 날아오고 있네요."

감시용 키메라!

"전방위 시야 확인이 가능한 키메라로군요."

"키메라에 대해 아세요?"

"조금은? 아무튼 당장 위험한 건 아니네요. 호크아이보다 시야 사거리가 넓지도 않고. 조금 돌아가더라도 다른 길로 가죠."

"그게 좋겠어요."

시야에 사각이 존재한다면 노려서 베어 볼 만하겠지만, 내가 아는 그 키메라가 맞다면 사각 따윈 없다.

다행인 건 놈에겐 청각이 없다는 것.

로제타를 데리고 뒷길로 향했다.

"침입자로구만."

목소리가 들려온 것은 그때였다.

우리는 제자리에 멈춰 섰다.

"용케 이곳까지 숨어든 걸 보면 생각보다 대단한 것 같은데."

목소리가 들린 방향을 쳐다보았다.

아무도 없었다.

혹시 천장인가 싶어 고개를 들었지만 역시나 마찬가지였다.

"어, 어디서?"

로제타가 당황한 음성으로 중얼거렸다.

"흐흐! 보이지 않는가! 이 압도적인 신체가!"

정면에서 와락 지른 소리가 들렸다.

나는 광안을 전개하고 그곳을 응시했다.

아주 작은 점이 몸집의 3배는 될 법한 마력을 뿌리고 있다.

그래 봐야 조금 큰 점에 불과하지만.

"…모기?"

"이놈! 이 몸 보고 모기라고 하다니! 이 몸은 바벨토라니아의 서열 27위이자 혁명의 인체 공학자라 불리는 '포퓰'님이시다!"

처음 들어 본다.

바벨토라니아의 미치광이들은 수가 너무 많아 대부분이 엑스트라에 불과했다.

비중 있는 미치광이 과학자는 한 손에 꼽혔다.

그리고 이 녀석은 누가 봐도 모기잖아.

"에잇!"

짝!

박수치듯 두 손을 모아 모기를 잡았다.

안에서 꺅! 소리가 들린 것 같지만 너무 작아 제대로 안 들렸다.

손을 벌리자 쉬리릭- 모기 한 마리가 바닥에 떨어졌다. 입을 벌려 뭐라 중얼거리는 것 같은데, 잘 들리지 않는다.

그냥 발로 지르밟았다.

너무 작아 밟는 소리도 안 들렸다.

[레벨 업!]

"오."

"오!"

그리고 레벨이 올랐다.

로제타는 무려 2 업이었다.

"허허! 그 모기 놈 레벨이 그리 높을 줄이야."

크기가 작아 이름과 레벨도 보이지 않았다.

손바닥 짝 한 번과 발로 밟기로 죽일 정도로 약해 빠진 놈이었는데.

"개꿀인데?"

"완전 개꿀이요."

로제타는 신이 나는지 연신 싱글벙글 웃었다.

레벨이 오르며 피로도 모두 회복되어 컨디션도 만빵이란다.

나는 피식 웃으며 다시 앞으로 전진했다.

그러나 전진은 그리 오래지 않아 누군가로 인해 중단되었다.

"그것참……. 어쩌다 바벨토라니아에 이런 벌레들이 들어올 정도로 허술해졌는지."

하얀색 가운을 걸친 노인이었다.

수염은 배꼽까지 올 정도로 길었고, 머리는 반쯤 벗겨져 반짝거렸다.

노인은 왼쪽 가슴 주머니에 걸어 놓은 안경을 썼다.

평범한 은테 안경 같아 보였는데, 특별한 장치가 되어 있는지 기이한 마력이 흐르기 시작했다.

"호오……. 재밌는 눈을 가지고 있군."

재밌는 눈이란 호크아이가 아닌 광안을 말하는 것이다. 그러나 로제타가 그걸 알 턱이 없으니 괜히 긴장한 얼굴이 되었다.

알려 줄까 하다가 그냥 말았다. 이 편이 조금 더 재밌을 것도 같고.

"다른 놈들을 부를 필요는 없겠지. 내 손으로 죽여 실험체로 써 주마."

노인의 머리 위로 이름과 레벨이 떠올랐다.

[마렉키노 잔테][361레벨]

상당한 괴물과 맞닥뜨렸다.
하지만 걱정은 없었다.
네임드도 아니고, 중간 보스도 아니며, 보스는 더더욱 아니다. 고작해야 나와 60레벨 정도밖에 차이가 나지 않는다.
문제는 저놈을 죽이고 나서 벌어질 일들이다.
'끄응……'
차라리 아까 모기 놈처럼 작았으면 손바닥으로 때려잡든 할 텐데.
"긴장하지 말거라. 순식간일 테니. 뇌만 남았을 땐 의식조차 남지 않아 고통은 없을 것이다."
마렉키노의 팔이 갈라지며 고릴라의 그것처럼 두꺼워졌다. 털이 곤두서며, 피부가 쩍쩍 갈라진다.
혈관이 울긋불긋 튀어나와 팽창하니 덩달아 근육도 증가한다.
처음보다 그 크기가 2배가 되었다.
"알딘 님."
"잊고 있었습니다."
까먹고 있었다.
로제타가 호기심 어린 얼굴로 물었다.
"뭘요?"

"엑스트라란 대개 엑스트라로 끝난다는 걸요."

나는 씩 입꼬리를 올렸다.

그래, 모기 놈을 죽였을 때부터 떠올렸어야 했는데.

긴 시간은 확실히 기억력을 갉아먹기는 하나 보다.

"엑스트라 2, 잘 가라."

번개가 튀어 올랐다.

그것은 이내 황금빛을 발했고, 뽑혀져 나온 흑검은 보이지도 않은 채 과학자의 심장을 갈랐다.

흐트러진 번개가 한곳에 집중되었다.

나는 수복되는 육체를 보며 주먹을 쥐었다 폈다 했다.

"크어어……."

엑스트라가 무너졌다.

이곳의 과학자들은 인간. 그것도 평생을 연구에만 힘을 쏟은 나약한 인간들이다.

"전체를 변화시킨다면 모를까."

일부만 해선 약점을 노출할 뿐이다.

이곳의 대부분의 과학자들은 그저 엑스트라일 뿐이다. 주인공의 성장을 위한 발판 그 이상도, 이하도 아니다.

그 사실을 너무 오랫동안 잊고 있었다.

"세상에……."

로제타는 충격받은 얼굴로 알딘의 등을 보았다.

찰나라고 해도 이상하지 않은 시간이었다.

알딘은 황금빛 번개로 화했고, 호크아이의 시력으로도 쫓지 못할 만큼 빠르게 움직였다.

그것은 한 줄기 섬광이었다.

괴상하게 팔을 변화시킨 늙은 과학자가 반응조차 못할 만큼 빠른 속도였다.

늙은 과학자가 주저앉았다. 그의 심장엔 예리한 날붙이가 훑고 간 흔적만이 남아 있었다.

"후우……."

알딘이 몸을 돌렸다.

번개의 힘이 가시지 않았는지 주변에 스파크가 튀어 올랐다. 그 모습이 상당히 환상적이었다.

"대, 대단해요."

"아뇨. 이놈들이 별거 아닌 겁니다."

알딘은 정말 그렇게 생각하는지 대수롭지 않은 표정이었다. 과연 가장 강한 유저 중 하나라고 칭송받을 만했다.

그를 보니 강해지고 싶어졌다.

저 정도로 강하다면 도움을 받을 일도 없었을 텐데.

'그래도 얼굴을 다시 보고 싶은 건 변함없지만.'

그날을 떠올리니 얼굴이 붉어진다.

시크하고 쿨한 나쁜 남자.

"뭔 생각 하세요?"

"아, 아녜요. 가시죠."

알딘이 이상하단 얼굴로 쳐다봤지만 이내 상관없다는 듯 다시 걸음을 옮겼다.

로제타는 총총 그의 뒤를 따랐다.

잠시 후.

그들이 있던 자리에 곡도를 허리에 걸친 남자가 나타났다. 세토였다.

세토는 바닥에 널브러진 하얀 가운을 주웠다.

왼쪽 가슴 부분에 오버로크된 이름표를 읽었다.

"마렉키노인가. 모기 녀석에 이어서……."

하나같이 레벨만 높고 약해 빠진 과학자들이었지만 허무하게 당할 놈들은 아니다.

플레이어인가?

아니면 바벨토라니아의 적대 세력?

지금으로선 알 수 있는 게 없다.

하지만 아까 느꼈던 농밀하게 퍼진 마력은 범상치 않았다.

"재밌군."

바벨토라니아는 따로 감시 장치 같은 게 존재하지 않는다. 함정은 말할 것도 없다. 누군가 발견하고 알리지 않는다면 누가 들어왔는지 아무도 모를 것이다.

그것이 미치광이들의 자신감이자 오만함이었고, 멍청함이었다.

"나야 재밌어졌지만."

미치광이 과학자들의 방해를 받지 않고 침입자들을 직접 사냥할 수 있다.

-가자고, 파트너.

"오냐."

오랜만에 맛볼 피의 향취에 벌써부터 기분이 고조된다.

✥ ✥ ✥

바벨토라니아의 과학자들은 개인의 힘과 지적 능력을 광적으로 신뢰한다.

그러니 바벨토라니아 같은 기괴하고, 침입자에게 한없이 자비로운 지하 시설이 만들어지는 것이다.

"보통 이런 곳은 침입자를 어떻게든 배척하려고 굴지 않나요?"

얼마나 이해가 안 갔으면 로제타마저 저런 말을 할까.

"맞습니다. 보통은 그렇죠. 이곳은 조금 특이하네요."

그러게요. 로제타가 맞장구쳤다.

우리는 다시 하염없이 걸었다.

미로 같은 지형은 정말이지 복잡했고, 같은 길을 몇 번씩 반복해서 지나가기도 했다.

그러다 내가 아는 복도가 나타났다.

은빛으로 덮인 복도였는데, 벽에 무지갯빛이 흐르는 회로가 사방팔방 흐르고 있었다.

"SF 같은 느낌이에요."

공감되는 말이었다.

복도 천장을 비추는 전등은 일직선으로 복도 끝까지 이어져 있고, 굴곡져 꺾이는 부분엔 기묘한 장치들이 자리 잡고 있었다.

'안드레의 연구실이 있는 곳이다.'

키리코와 더불어 바벨토라니아에서 가장 유명한 미치광이 중 한 명.

키리코가 죽으며 바통 터치 개념으로 등장하는 악역이었다.

이곳이 나왔다는 것은 중심부가 멀지 않았다는 뜻이다.

'길을 헷갈리지만 않는다면.'

큰 사달 없이 퀘스트를 완료할 수도 있을 것 같았다.

"왠지 불길한 곳이니 다른 곳으로 돌아가죠."

운 나쁘게 안드레와 마주치면 일이 복잡하게 꼬인다.

키리코 수준의 강함을 자랑하는 놈이다.

노멀 상태라도 아까 상대한 두 과학자들보다 확실히 강

하다. '엑스트라'가 아니니까.

로제타가 힘차게 고개를 끄덕였다. 이곳만 특이하니 그녀 역시 불안했던 모양이다.

우리는 오른쪽으로 향했다.

"그러고 보니 듣지를 못했네요. 어떤 퀘스트를 받으신 거였어요?"

로제타가 이곳에 온 계기만 알지, 정확한 이유까진 몰랐다.

"그게……."

그녀가 막 운을 뗀 순간이었다.

귀기가 어렸다.

바닥에서 그림자가 치솟으며 수십 개의 칼날이 되었다. 그 위에 꽃봉오리가 진 것 같은 건 착각이었을까?

"위험!"

로제타를 품에 안고 점멸했다.

칼날이 등허리를 살짝 베고 지나갔다. 눈살이 찌푸려졌지만 치명적이진 않았다.

"무, 무슨 일이……."

로제타가 눈을 동그랗게 떴다.

크게 당황한 듯 보였지만 명색이 고렙 유저라고 본능적으로 활대에 손가락을 걸었다.

나는 눈을 반개한 채 정면을 응시했다.

그림자가 가라앉으며 불쾌한 보랏빛 연기가 복도 전체

에 흘렀다. 그 연기 위로 끔찍한 인면이 떠올랐다.

일전에도 본 적 있는 현상.

"역시 대단하구나."

익숙한 목소리였다.

보랏빛 연기를 뚫고 한 자루의 곡도가 나타났다. 불길함을 잔뜩 머금은 칼날은 영혼이 들러붙어 꿱꿱 울어 댔다.

"너는……."

곡도의 주인이 입꼬리를 비틀었다.

"우연도 이런 우연이 있을 수가!"

그가 즐거워 죽겠다는 목소리로 외쳤다.

"이리 빨리 나에게 복수의 기회가 찾아오다니!"

곡도가 나를 겨냥한다.

예사롭지 않은 귀기와 살기가 나를 향했다.

"저번처럼은 안 될 것이다."

흉신악살처럼 일그러진 얼굴로 경고했다.

그런 그를 보며 내가 물었다.

"이름이 뭐였지?"

미안하게도 이름이 기억나지 않는다.

흉신악살 같은 얼굴이 한층 더 일그러진다.

"아, 진짜 미안. 이름이 기억 안 나는데……. 전에 분명 들었는데, 뭐였더라?"

"너… 너 이 새끼!"

"에이, 그래도 이 새끼는 좀 너무하네. 사람이 기억 못할 수도 있지. 우리가 친구를 맺은 건 아니잖아?"

"어떻게! 어떻게 나를 잊을 수가 있어!"

굉장히 억울한 얼굴이었다.

"나는 하루도 널 잊지 않고 죽이겠다 다짐했는데!"

"워워, 진정하고. 지금이라도 다시 통성명하자고. 나는 알딘이다. 너는?"

"이 개잡놈……!"

"당신……."

그가 참지 못하고 곡도를 치켜드는 순간-

로제타가 애절한 목소리로 그를 불렀다.

"너는 뭐야?"

"당신 맞죠? 그날 저를 구해 준… 그 남자가 당신 맞죠?"

로제타는 두 손을 꼭 모은 채 금방이라도 울 것 같은 얼굴로 되물었다.

남자가 눈매를 살짝 좁혔다. 그러곤 기억났다는 듯 손가락을 튕겼다.

"아아, 키메라들한테 둘러싸여 있던."

"맞으시군요!"

"근데 너, 다시 눈에 띄면 내가 죽이겠다고 하지 않았던가?"

"그건……."

"그것참, 오늘은 아주 피의 축제로구나."

"아, 기억났다."

남자가 살벌하게 웃으며 검을 치켜들자 머리가 번쩍이며 이름이 기억났다.

"세트구나!"

"세토다!"

아니었다.

✥ ✥ ✥

세토가 맹렬하게 돌진해 왔다.

이전과는 비교조차 할 수 없는 몸놀림이었다.

뱀처럼 유연한 몸은 복도를 휘저으며 코앞까지 도달했다.

따앙!

두 자루의 날붙이가 허공에서 충돌했다.

칼날이 파르르 떨며 청명한 소리를 터트렸다.

"어쩔 겁니까?"

몸을 밀어붙여 세토를 저 멀리 날려 버렸다. 몸을 회전시켜 충격을 최소화시켰지만 거리는 꽤 많이 벌어졌다.

로제타는 입술을 깨물 뿐이었다.

"생각이 정리될 때까지 뒤에 계시든가요."

그녀를 뒤로 밀어내고 동시에 앞으로 전진했다.

귀기의 칼날이 허공을 쇄도했다.

머리를 살짝 틀어 칼날을 피하고, 역으로 아스칼론을 찔러 넣었다.

치지직!

한 번 더 날붙이가 충돌했고, 이번엔 거칠게 비벼져 불똥이 튀었다.

세토가 광대처럼 허공에서 몇 바퀴 돌아 바닥에 착지했다.

뇌전의 신력을 채찍처럼 휘둘렀다.

"그때의 힘인가!"

정면에 악령들이 방패처럼 밀집했다.

콰르릉! 번개가 표면에 닿자 요란하게 천둥소리를 흘리며 악령들을 갈기갈기 찢었다.

신력을 악령 따위가 견딜 리 만무.

"역시 네놈과는 상성이 안 좋아."

"그럼 이번에도 지는 거지, 뭐."

"크큭!"

그보다 묻고 싶은 게 있었다.

창식이는 키리코를 돕는 유저가 있다고 말했다.

정황상 세토가 그 유저가 확실했다.

"더 소란스러워지면 나만 곤란하니."

후딱 끝내야겠다.

"신명나게 놀아 보자!"

높이 뛰어오른 세토가 무라마사를 힘차게 휘둘렀다.

죽음이 흐드러지게 피며 꽃망울을 싹 틔웠다.

저번에 경험했던 1차 오의였다.

그땐 쿠루쿠루의 캔슬로 저지했지만, 이젠 그럴 필요조차 없어졌다.

[구원의 신력 발동]

귀기와 어둠을 다루는 이에게 있어서 '신력'만큼 탁월한 힘은 존재하지 않는다.

"아아니이이!"

만개하는 죽음의 꽃이 피어오르는 녹색의 신력 앞에 단숨에 시들어졌다.

세토는 당연하게도 그때보다 훨씬 강해졌고, 최상위 유저들과 비교해도 손색이 없다.

그렇다고 나와 견줄 수준이 되는 건 아니다.

놈이 성장한 만큼 나도 성장한다. 그것도 훨씬 더 빠르게.

"네가 아는 걸 다 말해 줘야겠다."

장갑에 박힌 보석들이 일제히 빛을 뿜었다.

중력이 역행하며 세토가 천장에 처박혔다.

중력의 영향을 받지 않은 무라마사가 바닥에 나동그라졌다.

"크흐흐……."

세토가 웃었다.

그의 눈에서 형형한 안광이 흘러나왔다.

"이래야 리벤지할 맛이 나지!"

무라마사가 진득한 보라색 광채를 뿜었고, 동시에 세토의 몸에 일련의 변화가 찾아왔다.

빛의 검을 만들어 세토에게 뛰어올랐다.

수 줄기의 섬유가 발광하며 쏘아졌다.

[마검 동화]

무라마사가 입자 단위로 흩어지며 세토의 몸에 스며들었다.

피부 위로 칼날이 솟구치고, 귀기가 응축되어 육공에서 뿜어져 나왔다.

쾅!

천장을 박살 내고 팔을 휘저었다.

빛의 검과 충돌했다.

콰가각!

톱니처럼 회전하는 칼날이 빛의 검을 매섭게 몰아붙였다.

놀라웠다.

세토가 이런 힘을 발휘하는 게, 상상 이상으로 강한 저력을 뿜내는 게.

하나 그뿐-

[용린파쇄참]

아스칼론에서 모조된 용살의 기운이 터져 나왔다.

세토가 주춤했고, 놈의 얼굴을 우악스럽게 움켜쥐었다.

[검은 태양의 파편]

눈앞에서 파편을 터트렸다.

세토의 눈이 멀었다.

퀸 얼굴을 놓지 않았다.

"아직 멀었어."

[화이트 쉘]

거대한 빛의 구체가 세토를 통째로 집어삼켰다.

그대로 발사하자 내벽을 무너트리며 세토의 신형이 뒤로 수 미터 밀려났다.

"벽이 두껍네?"

과연 바벨토라니아.

시설을 튼튼하게 만들기는 했다.

"조금 더 날뛰어도 되겠어."

바로 근처에 있는 안드레도 오지 않는 걸 보면 방음 시설도 충분한 것 같고.

"충분함을 넘어섰나?"

아무튼.

슬슬 누가 더 우위에 있는지 알려 줄 때다.

[리히트 다크니스:오버 쉘(Over Swell)]

빛과 어둠이 조화롭게 얽히고설켰다.

세토가 발악하듯 몸을 뒤틀었지만 이미 겹쳐 버린 상반된 두 속성은 혼돈을 연상시키듯 한 점으로 응축되었다.

그리고 아무런 여파 없이 넓은 공간만을 만든 채 소리 소문 없이 사라졌다.
그곳에 세토만이 대자로 누워 있었다.
놈에게 다가가기 위해 걸음을 뗐다.
"자, 잠깐만요!"
로제타가 나를 불러 세웠다.
"왜요?"
"죽이… 시게요?"
그래야겠죠.
그러면서 혼자 대답한다.
"딱히 죽일 생각은 없는데."
"네?"
그 말에 거짓말처럼 화색이 도는 얼굴.
어이가 없어 웃음조차 나오지 않았다. 실컷 싸울 땐 내 말에 고분고분 따른 주제에.
"이곳에 있던 놈이잖아요. 아는 게 많겠죠."
"아하."
뒷말은 귀에 안 들리는지 연신 세토를 힐끔힐끔 보고 있다.
스네이크도 이 정도로 금사빠는 아니었다.
그녀의 앞날에 부디 무운이 따르기를.
"얌마, 일어나."
"으윽……."

"하여간. 조금 늦긴 했다만."
세토가 찡그린 눈으로 나를 봤다.
나는 그에게 가볍게 손을 올렸다.
"오랜만이네."
방긋 웃어 주자 세토는 보기 싫다는 듯 다시 드러누웠다.

광전사가 죽지 않아!

"이봐, 패배자."
"죽이지 않을 생각이냐?"
세토가 벽에 기댄 채 물었다.
"글쎄다. 참, 너한테 받은 반지는 잘 쓰고 있다?"
손가락에 대충 낀 반지를 보여 주었다.
그걸 본 세토의 눈이 휘둥그레지더니 미친개처럼 달려들려 했다.
"이 개자식!"
"워워, 진정하라고. 몸도 성히 못 가누면서."
그도 그럴 게 혹시 난동을 피울까 봐 사지를 잘라 놓았다. 보기 흉하긴 하지만 어쩌겠는가?

또 날뛰면 나만 피곤해지는 것을.

로제타는 차마 못 보겠다며 모퉁이 너머에 서 있었다.

"투과 스킬 좋더라고."

"내가 그걸 어떻게 얻었었는데……."

"하여튼 간에. 그럼 이렇게 하자고."

"뭘 말이냐."

손가락에서 반지를 뺐다.

나는 그것을 좌우로 흔들었다.

세토의 시선이 간식을 좇는 개처럼 따라 움직였다. 이 녀석도 가만 보면 꽤나 귀엽다.

"교환하자. 정보 2개에 이거 하나. 어떠냐?"

"…장난치나?"

"나쁜 조건은 아닐 텐데. 전설 등급이잖아, 전설 등급. 레벨 제한이 낮긴 하지만 전설은 그 자체로 귀하다고?"

어차피 바꾸려고 했던 반지다.

전설 등급은 이제 차고 넘치니 굳이 이것까지 가지고 있을 필요가 없었다.

어차피 더 좋은 게 머지않아 손에 들어올 테고.

'투과 능력이 조금 아깝긴 하지만.'

그걸 대체할 스킬은 얼마든지 있다.

세토가 눈을 가늘게 떴다.

머릿속에서 계산을 하고 있는 것이다. 이놈도 생긴 거랑 달리 수지 타산을 은근히 신경 쓴다.

"네가 원하는 정보는 이곳에 관한 건가?"

"맞아."

놈에게 지금 바벨토라니아의 미치광이들이 벌이려는 일을 들을 수 있다면 이 이상 리스크를 감수하지 않아도 된다.

그걸 알고 있을지는 별개의 문제지만, 모른다면 다른 걸 물어봐도 나쁘지 않다.

"그렇다면 하나밖에 알려 주지 못한다."

"허허! 협상하려고?"

"차라리 로그아웃이 싸게 먹히는 수준이니까."

그 정도란 말이지.

나는 턱을 문지르며 고민했다.

가상현실이니 고문 같은 게 통할 리 없다. 놈이 입을 다물겠다고 하면 나로선 알아낼 수 있는 방법이 없는 것이다.

'상관없나.'

놈의 요구를 들어줘도 문제없다는 판단이 섰다.

대신에,

"먼저 말해. 그럼 넘겨줄 테니까."

"네놈……! 날 적당히 호구로 봐라!"

"에헤이, 내가 양보했으니까 너도 양보를 해야지. 안 그래? 무엇보다 한 번 인벤토리에 들어가면 내가 회수할 방법이 없는데, 네가 어떤 얘길 해 줄지 알고 그냥 넘겨주냐."

새끼손가락에 건 반지를 빙빙 돌렸다.
세토가 이를 바득 갈았다.
"죽인다고 같은 아이템을 드롭하라는 법이 없잖아."
"약아빠진 자식……."
하지만 곧 체념한 표정이 되었다.
이러나저러나 패배자는 세토 자신이었다.
"궁금한 게 뭐냐?"
"이곳에서 지금 무슨 일이 벌어지고 있는지 말해 줘."
"그건 범위가 너무 광대하다. 나도 전부는 알지 못하고. 조금 더 정확한 키워드를 말해라."
 그만큼 바벨토라니아가 벌이고 있는 일들이 많다는 증거였다. 내가 아는 것만 크게 세 가지 정도가 되니 자잘하게 따지면 수십 가지는 될 터.
 나는 절로 치가 떨려 고개를 저었다.
"내가 얼마 전에 아주 큰일을 겪었거든."
"갑자기 무슨 딴소리야?"
"들어 봐."
 나는 지난날에 있었던 일을 간략하게 요약해 세토에게 말해 주었다.
 얘기를 듣던 세토는 뭔가 아는 게 있는지 잠시 생각하는 얼굴이 되었다. 당연하다면 당연하지만 역시 바벨토라니아와 관계된 일이었다.

"아는 게 있군?"

"테햐에 관해서 말해 주면 되나?"

테햐라는 이름까지 안다.

세토는 아무래도 꽤 깊이까지 아는 모양이었다.

"그래."

"어렵지 않군. 발설하면 안 되긴 하지만, 내가 말한다 한들 그들이 알 수 있는 것도 아니고."

세토의 한마디가 바벨토라니아가 어떤 곳인지 말해 주고 있었다.

중요한 문제마저 굳이 관심을 두려 하지 않는 과학자들의 이기심이 잔뜩 묻어 있는 곳.

그곳이 바로 바벨토라니아였다.

"한 번만 말하겠다. 잘 듣고 기억하라고."

세토가 얘기를 시작했다.

✤ ✤ ✤

키리코는 분주하게 움직였다.

준비할 게 많았다.

마이로스 왕국과 젠트 왕국 접경 지역에서 벌어질 악마 소환을 이용하려면 쉴 시간이 없다.

칠흑의 마왕이 주관하는 이상 신중에 신중을 더해야 한다.

실패하는 순간 이번에야말로 진짜 경을 치를 수도 있다.

"근데 뭐가 이리 울리는 거야?"

계속해서 쿵쿵거리는 소리가 들렸다.

또 어떤 놈이 이리 시끄럽게 연구를 진행 중인지.

키리코는 고개를 저으며 다시 준비를 진행했다.

그러나 소음은 멈출 줄 몰랐다.

"이익!"

벌레의 겹눈이 눈알 전체를 뒤덮었다.

대체 어떤 놈팡이인지 면상을 확인해야겠다.

키리코는 씩씩거리며 연구실을 나섰다.

그러자 거짓말처럼 소음이 사라졌다.

혹시 시간 차로 들리는 게 아닐까 싶어 기다려 봤지만 진짜로 끝났는지 소리는 들리지 않았다.

"나중에 걸리기만 해 봐라."

아주 피골을 상접시켜 주겠다.

연구실 문을 닫고 준비된 서류를 가지런히 정리했다.

팔뚝에서 벌레의 다리를 만들어 멀찍이 있는 책상 서랍을 열었다.

"여기 있군."

보지도 않고 서랍에 뭐가 들었는지 알고 있다.

제대로 가공되지 않은 새까만 보석이었다.

빛에 따라 자줏빛이 흘렀는데, 패나 귀해 보였다.

"이 정도면 통제권 정도는 가져올 수 있겠지."

키리코의 목적은 하나였다.

접경 지역에서 소환된 악마를 이 보석을 통해 사역하는 것.

고위급 악마라 하니 완전 사역은 불가능하겠지만 깽판치기엔 차고 넘칠 터.

"젠장! 테햐 자식, 그곳에서 죽임이나 당하고."

테햐가 제대로 악몽검을 해방시켜 레바테인을 이 땅에 강림시켰다면 이런 귀찮은 짓은 하지 않아도 되었다.

이미 죽은 놈을 탓해서 무엇 하랴.

앞으로 잘하면 되는 것이다.

"난장이를 좀 불러야겠는데."

이놈의 난장이는 꼭 필요할 때 안 보인다.

귀찮았지만 지금부터 할 준비 과정에 난장이의 도움이 반드시 필요하다.

워프 기술 한정으로 녀석을 따라올 과학자가 바벨토라니아에 없었다.

"흐웅~"

그가 콧노래를 부르며 보드카를 입에 쑤셔 넣었다.

꿀꺽꿀꺽- 60도에 육박하는 도수지만 이미 벌레의 단단함을 가진 그에게 별다른 감흥을 주지 못했다.

"이젠 즐기지도 못하는군."

1년 전만 해도 술을 마시면 취하기도 했었는데.

육체는 강해졌을지언정 이런 소소한 즐거움을 잃으니 가슴이 아팠다.

쨍그랑!

술병을 대충 바닥에 내던졌다.

넓은 주머니에 손을 꽂고 휘적휘적 걷다가 그냥 오른쪽을 돌아보고 싶어서 돌아봤다.

"어?"

"너 뭐야?"

불그스름한 머리를 양 갈래로 땋은 여자가 서 있었다.

등에 커다란 활과 화살통을 메고 있었는데, 어디선가 본 것 같은 차림새였다.

"아."

기억났다.

"얼마 전에 협곡에 침입했던 인간이구나?"

어제였나, 엊그제였나.

인간 하나가 바벨토라니아의 총본이 숨겨져 있는 협곡에 들어왔다. 뭔가를 찾는 모양새라 키메라를 풀어 죽이려 했다.

당연히 죽었겠거니 하고 신경을 껐었는데.

"살아남은 것도 모자라 여기까지 들어와?"

"너는… 누구지?"

여자가 떨리는 목소리로 물으며 활을 쥐었다.

어이가 없어 웃음도 나오지 않는다.
침입자는 자기면서 나보고 누구냐고 묻는다니.
키리코가 음험한 미소를 지었다.
스트레스가 잔뜩 쌓였었는데, 차라리 잘되었다.
"살짝 여유도 있겠다. 가지고 놀다 죽여 주마."
"오, 오지 마!"
아주 빠른 속도로 살을 꺼내 시위에 건다.
오오! 감탄이 나올 정도로 부드러운 동작이었다.
로제타는 백스텝을 밟음과 동시에 시위를 놓았다.
피융~
바람을 가르며 화살이 일직선으로 쏘아졌다.
쩌적! 키리코의 하얀 가운 위로 끈적거리는 감각이 둘러졌다.
콱! 강철 화살촉이 그 위에 박혔다.
"이걸 뚫을 정도라?"
상당히 뛰어난 궁사였다.

여기까지 온 걸 보면 당연한 말이지만, 그래도 갑각을 뚫고 들어올 줄은 몰랐다.

[속사(速射)]

로제타의 오른팔이 보이지 않을 정도로 빠르게 움직였다. 화살통의 화살 수가 빠르게 줄어들었다.

슈슈슝!
1초에 세 발씩, 화살들이 아주 빠르게 공기를 쇄도했다.

거기서 끝이 아니었다.

[곡사(曲射)]

십여 발의 화살들이 제각기 궤도를 틀어 전방위에서 키리코를 노렸다.

하나하나가 마력이 담긴 화살이다.

이런 건 아무리 자신이라도 쉽게 막아 내지 못한다.

"대단하군."

갑각이 크게 팽창했다.

풍뎅이의 그것처럼 크고 단단하게 키리코를 보호했다.

여러 개의 궤적이 푸른 선을 그리며 그 위에 떨어졌다.

하지만 뚫지 못했다.

"허억!"

회심의 공격이었기에 로제타는 충격을 받았다.

"아쉬워서 어떡해?"

키리코가 이죽거렸다.

그는 부풀어 오른 갑각을 원상태로 돌리고, 그녀에게 천천히 다가갔다.

로제타는 아랫입술을 깨물었다.

알딘처럼 강했다면 충분히 두꺼운 갑각을 부수고 과학자의 숨통을 끊었을 텐데.

짧은 탄식이 새어 나왔다.

"어디부터 해체해 볼까?"

키리코의 오른팔이 갈라졌다.

피육이 드러나며 징그러운 벌레의 다리 수십 개가 튀어나왔다. 몇몇은 혐오스럽게 꿈틀거리는 촉수였다.

"제, 젠장!"

로제타가 뒤쪽으로 땅을 박찼다.

활쟁이답게 움직임이 쾌속하기 짝이 없다.

하지만 같은 질량의 '벌레' 앞에선 인간의 두 다리는 쓰레기일 뿐이다.

두 다리가 갈라졌다. 오른팔과 똑같이 드러난 피육 안에서 수십 개의 벌레 다리가 튀어나왔다.

하나같이 메뚜기의 그것과 흡사했다.

다리들이 일제히 구부려졌다.

"한 걸음."

쿵!

접힌 관절 부위가 펴지는 순간, 바닥이 움푹 파였다.

재빠르게 달아나던 로제타의 뒷목에 딱딱한 무언가가 닿았다.

"잡았다."

"꺄아악!"

성대가 찢어질 것만 같은 비명이었다.

"시끄러워. 버러지 같은 년."

"일이 꼬였네."

키리코의 눈이 번쩍 뜨였다.

로제타의 목을 붙잡은 벌레의 다리를 인간의 손이 강하게 움켜쥐고 있었다.

손의 주인을 확인했다.

"그것참……. 반가운 얼굴은 여기서 다 보네."

"알디이인!"

벌어진 키리코의 입 안에서 또 다른 입이 길쭉하게 튀어나왔다.

끈적거리는 체액이 잔뜩 묻어 있었는데, 작은 입술을 앙 벌리자 톱날 같은 치아가 나타났다.

"꺼져!"

알딘이 벌레 다리를 부러뜨리며 발로 키리코를 밀어냈다.

로제타를 한 손에 안고 착지한 다음 바로 점멸을 사용했다.

"놓치지 않아아아아!"

키리코의 신형이 빛살처럼 움직였다.

점멸로 이동할 수 있는 공간은 한정적이다.

벌레의 다리들은 기형적인 구조로 꺾이며 거미처럼 벽과 천장을 구분하지 않고 박찼다.

이곳에서 천하의 찢어 죽일 놈을 만나게 되었다.

키리코의 입가에 흉측한 미소가 그려졌다.

그의 외형은 이미 형태를 알아볼 수 없는 벌레가 되었다.

✟ ✟ ✟

설마 로제타가 키리코와 맞닥뜨릴 줄은 몰랐다.
운이 나쁘면 마주칠 거라고 생각은 했는데.
'생각보다 더 심한 괴물이 됐잖아?'
내가 아는 키리코의 모습보다 훨씬 더 흉측해졌다.
그날 나와 아델하르트에게 육신을 잃은 탓일 터다.
새로운 육신을 만드는 김에 더욱 강력한 육신을 원해 저런 형태가 된 걸 테지.
'쓰러트리긴 힘들겠군.'
여차하면 제대로 싸워 볼 작정이었다.
전력을 다하면 죽이는 건 가능할지도 모른다.
하지만 놈의 전력이 변화한 지금 그런 모험은 하기 힘들다.
또한 다른 과학자들까지 동원되면 죽음을 피할 수 없다.
"골치 아파졌어."
나는 몇 차례 점멸을 더 사용하고 로제타를 내려놨다.
"허억! 허억!"
내 품 안에서 그녀는 거친 숨을 몰아쉬고 있었다.
"괜찮아요?"
"…네."
평범한 유저에게 키리코는 끔찍한 공포였을 것이다.
많은 유저들이 키리코의 본체를 처음 보고 비슷한 반응을 보였다.

'그때보다 더 흉측해진 게 문제지만.'

나는 쓰게 웃으며 자리에서 일어났다.

로제타도 나를 따라 일어났는데, 다리가 후들거리는지 벽을 붙잡았다.

"빨리 나가야 합니다."

"정보는 다 알아내신 거예요?"

"네. 시간에 딱 맞게."

나는 이미 사라지고 없을 세토를 떠올렸다.

반지와 유니크 등급 아이템 2개를 대가로 원하는 정보를 모두 얻었다.

이제 돌아가서 정보를 정리하기만 하면 끝이다.

"바로 돌아가죠."

이곳에선 스크롤이 발동 안 되니 어떻게 해서든 밖으로 가야 한다.

쿵! 쿵! 쿵! 쿵!

멀지 않은 곳에서 이곳으로 다가오는 시끄러운 소리가 들렸다.

"쉽진 않을 것 같지만."

이런 스릴, 나쁘지 않다.

"뭐야?"

"뭔데?"

쌍둥이 과학자 리키, 리피가 서로를 마주 본다.

그들은 한 몸뚱이에 같이 있었는데, 그 희귀하다는 샴쌍둥이였다.

"나가 보자."

"안 돼!"

리키가 몸을 돌리려 하자 리피가 자신이 통제하는 왼손으로 가로막았다.

"궁금하지도 않냐?"

"난 이게 더 중요해."

리피가 연구하던 것으로 시선을 돌렸다.

형체를 알아볼 수 없는 고깃덩이가 그곳에 있었다.

피로 흠뻑 적셔진 수술용 나이프를 들었다.

리키가 못 말리겠다는 듯 고개를 젓는다.

"보통은 이런 일이 있으면 나가서 확인해 보는 게 정상이라고."

"우리가 언제부터 정상이었다고."

"그건 그래."

태어나고부터 지금까지.

사람들은 항상 그들을 괴물이라고 불렀다.

납득했다. 자신들의 몸은 정상이 아니었으니까.

하지만 다른 이들이 간과한 점이 하나 있었으니, 리키와 리피의 천재성이었다.

그것도 잔뜩 비틀릴 대로 비틀린 천재성.

"그때 생각 나네."

"흠 아줌마 갈비뼈가 참 탐스러웠지."

"그날처럼 원 없이 인체 실험을 해 보고 싶다."

쌍둥이가 기분 나쁜 웃음을 흘리며 과거를 회상했다.

그때 밖에서 쿵쿵 시끄러운 소리가 연달아 울려 퍼졌다.

쌍둥이의 눈썹이 꿈틀거렸다.

이번엔 리피도 못 참겠다는 듯 고개를 획 돌렸다.

"나가 보자."

"진즉 그러자니까."

리키가 신난다는 듯 몸을 움직였다.

리피는 왼팔의 통제권밖에 없어 어지간한 건 리키가 모두 처리했다.

쌍둥이가 연구실 문을 열었다.

후우우욱!

강풍이 매섭게 몰아친다.

저도 모르게 네 개의 눈동자가 감겼다.

푹! 쩌저적!

가슴에 날카롭고 두꺼운 뭔가가 닿았다. 그것은 꿰뚫은 채로 살갗을 옆으로 끌며 뜯어 버렸다.

"끼에에엑!"

"끄어어억!"

리키와 리피가 동시에 비명을 내질렀다.

"엥?"

그 비명에 날카롭고 두꺼운 무언가의 주인이 고개를 돌렸다. 키리코였다.

"키, 키리코!"

"너 이 새끼!"

"귀찮게 왜 방해질이야!"

키리코가 인상을 찌푸리며 거칠게 벌레의 다리를 뽑아냈다. 피가 울컥 뿜어져 나왔다.

쌍둥이의 안색이 창백하게 질려 갔다.

"멀어졌잖아! 에잇!"

죽어 가는 쌍둥이를 두고 키리코가 바닥과 양쪽 벽, 천장을 자유롭게 오가며 앞으로 전진했다.

그 속도가 워낙 빨라 감히 붙잡을 수도 없었다.

"개, 개자식……"

"꾸르륵……"

리피의 숨통이 끊겼고, 곧이어 리키 역시 숨을 거두었다.

뒤에서 약간의 소란이 벌어졌다.

무슨 일인지는 모르나 키리코와 다른 과학자 간에 트러블이 발생한 모양이었다.

덕분에 시간을 조금 더 벌었다.

"더 빨리 달려요!"

"넷!"

로제타가 달리는 속도에 박차를 가했다.

그녀를 안고 점멸을 연달아 사용할 수 없는 노릇이니 제 발로 달리게 했다.

아처 클래스니 전속력으로 달린다면 나보다 느릴 리도 없거니와 유연함 면에선 월등하다.

우리는 신속하게 모퉁이가 나올 때마다 그곳으로 넘어갔다.

막무가내로 가는 건 아니었다.

아처의 능력과 내가 넓게 흘려보낸 마력으로 맵을 제작하고 있었다.

"함정이에요."

로제타가 호크아이를 빛내며 말했다.

"하지만 가장 빠른 길은 저곳이에요."

"뚫어야겠군요."

"제가 앞장서겠습니다."

물몸인 아처가 함정에 당하면 즉사할 수도 있다.

로제타가 속도를 줄여 내 뒤로 왔다.

[다중 육각 방패 전개]

O.P.B가 발동하며 반투명한 방패들이 허공으로 튀어나왔다.

"함정의 위치는요?"

"확실히 감지되는 건 왼쪽 벽면이오."

육각 방패들을 전부 왼쪽 벽에 밀착시켰다.

그것도 모자라 신력으로 방패를 감쌌다.

"먼저 지나갑니다."

혹시 몰라 로제타를 두고 훨씬 단단한 내가 함정이 설치된 복도를 지나갔다.

키이잉!

왼쪽 벽이 빨갛게 달아오른다.

그러다 노랗게 빛이 번지더니 엄청난 열기가 뿜어져 나왔다.

"이건 좀……."

콰아앙!

엄청난 화력이 집중된 불길이 벽면에서 터져 나왔다.

넓게 펼친 육각 방패들이 금방이라도 깨질 것처럼 덜덜 떨렸다. 이거, 아무래도 못 막을 것 같다.

"알딘 님!"

함정의 위력에 경악한 로제타가 애타게 나를 불렀다.

[번개화]

몸뚱이가 물리력을 무시하는 자연체로 변했다.

쩌정!

터어엉!

방패들이 일제히 깨졌다. 구원의 신력의 일부를 두르기까지 했는데, 막아 낼 수 있는 파괴력이 아니다.

불길이 번개가 된 몸 안을 통과했다.

물리력을 무시하는 만큼 고통은 뒤따르지 않았지만 HP 게이지가 급속도로 줄어들었다.

재생의 빛을 사용했다. 하나 늘어나는 속도보다 줄어드는 속도가 압도적으로 빨랐다.

'벗어나야 한다.'

[번개의 길]

위치를 상정하지 않고 보이는 방향으로 번개의 길을 만들었다.

그리고 바로 그 위에 올라탔다.

['경시되는 생명'의 효과로…….]

문득 그런 소리가 들린 것 같았다.

후르륵-

찰나의 순간 불길을 뚫었다. 자연체를 유린하던 화염이 싹 씻겨 나갔다.

번개화가 풀렸다.

몸에 별다른 이상은 없었다.
하지만 거친 숨이 토해져 나오는 것까진 막지 못했다.
"허억!"
전신이 땀으로 범벅되었다.
머리카락은 온통 젖었고, 정수리에서 시작된 땀은 턱에 맺혀 바닥에 한두 방울씩 떨어졌다.
시선을 올려 HP 게이지를 보았다.
"잘못 들은 게 아니었구나."
게이지가 빨갛게 반짝이고 있다.
그 수치는 정확히 1퍼센트를 가리키고 있었다.
경시되는 생명의 효과가 맥시멈으로 발동되었다.
"알딘 님!"
뒤를 돌아보니 로제타가 달려오는 게 보였다.
함정은 끝난 모양이었다.
나는 무릎을 붙잡고 자리에서 일어났다.
[재생의 빛]
['거친 화염' 속성으로 인해 재생 속도가 더뎌집니다.]
"빌어먹을······."
상태 이상으로 재생의 빛이 제대로 먹히지 않는다.
'성스러운 메아리'를 사용하자 '거친 화염' 속성이 거짓말처럼 사라졌다.
이젠 저렙 템이 다 된 성기사의 팔 보호대지만, 정화보다 뛰어난 '성스러운 메아리' 때문에 포기를 못하고 있다.

"시간이 너무 지체됐습니다."

나는 차오르는 HP를 보며 로제타를 재촉했다.

"금방……."

"알디이이인!"

빠르기도 하다.

로제타의 손목을 낚아채고 다시 달렸다.

콰가강!

벽이 허물어지며 이미 본래의 형체라곤 찾아볼 수 없는 흉측한 거대 괴물이 나타났다.

이제는 좋은 말로도 벌레라 못 부르겠다.

괴물, 키리코는 수십 개의 다리를 놀려 초고속으로 추격을 시작했다.

[리히트 소일레]

달리는 걸 멈추지 않고 검만 아래로 내려 땅을 찍었다. 빛이 그곳에 머물렀다.

그 위를 키리코가 지나는 순간 빛의 기둥이 솟구쳤다.

"캬악!"

빛을 뚫고 키리코가 뛰쳐나왔다.

저것조차 놈을 1초도 막지 못했다. 오히려 화만 더 돋우었다.

"좌측으로!"

속도를 줄이지 못해 몸이 밀려 벽에 충돌했다.

우리는 이를 악물고 다시 속도에 박차를 가했다.

콰가강!

귀신같이 따라붙은 키리코가 두꺼운 벽을 파괴했다.

"무슨 소란이야!"

몇몇 과학자들이 이 소란을 더 이상 참지 못하고 하나둘 나타났다.

참으로 대단한 자들이다. 이 정도는 되어야 그 무거운 엉덩이를 드러낼 정도라니.

나는 정면에서 짜증 내는 과학자의 목을 훑었다.

이름조차 모를 미치광이는 그렇게 절명했고,

[레벨 업!]

레벨이 하나 올랐다.

"레벨이 올랐어요!"

"좋아하기엔 이릅니다!"

어찌 보면 이곳은 레벨을 아주 쉽게 올릴 수 있는 곳인데, 상황이 상황인지라 참 안타깝다.

나는 마주치는 과학자들을 문답무용으로 베었다. 개중엔 400레벨을 넘어서는 괴물도 있었다.

"놈!"

깡!

피부가 강철처럼 단단해지더니 아스칼론의 칼날을 튕겨

냈다.

상체가 급격히 부풀며 하얀 가운이 버티지 못하고 찢겨졌다.

"시끄러움이 너로구나!"

[파라스][461레벨]

무슨 레벨이 이렇게 높아?

키리코보다 레벨이 높은 수준이 아니다. 이 정도면 '아즈마탄'과 맞먹는 수준이다.

파라스라는 이름은 처음 듣는다.

저 정도 레벨에 강철화 능력이라면 엑스트라는 아닌 것 같은데.

'쥐도 새도 모르게 죽은 놈인가?'

키리코만 해도 벅찬데, 저런 놈한테서까지 달아나야 한다니!

"게 섰거라!"

강철 같은 몸뚱이는 점프력도 뛰어난지 단숨에 우리가 있는 곳까지 뛰어올랐다.

"꺄악!"

머리 위로 그림자가 드리워지자 로제타가 비명을 질렀다. 이번 건 나도 비명을 지르고 싶은 심정이다.

[점멸]

로제타의 어깨를 짚고 점멸을 발동시켰다.

콰앙!

확인하진 않았지만 서 있던 곳에 포탄이 떨어진 것 같은 굉음이 울려 퍼졌다.

"잔기술이 많은 놈이로군."

그 목소리가 들려온 순간-

후욱! 바람이 밀려 들어온다.

몸이 경직된 것처럼 원하는 대로 움직이지 않는다.

"나도 한 잔기술 하거든."

밀려들어 오는 바람이 역행한다.

방향을 틀어 뒤쪽으로 끌어당겼다.

"엇-"

로제타가 허공에 떠올랐다.

반사적으로 손을 뻗어 그녀를 붙잡으려 했다.

쿵!

벽이 무너지며 괴물, 키리코가 나타났다.

"잘했다, 파라스!"

온갖 벌레의 것이 융합된 거완(巨腕)이 로제타를 힘껏 때렸다.

퍽- 그런 소리가 들렸다.

떠오른 로제타의 신형이 반대편 벽으로 빠르게 날아가

더니 그대로 처박혔다.

쯧! 혀를 찼다.

'숨은 붙어 있어.'

파티가 풀리지 않았다.

아스칼론을 바짝 쥐었다. 긴장 때문인지 손은 땀범벅이 되어 있었다.

"키리코."

파라스가 키리코의 옆으로 다가왔다.

키리코의 덩치가 워낙 커 왜소해 보이지만 신장이 2미터를 가볍게 넘어간다. 또한 전신에 울긋불긋 솟은 강철 근육들은 위협적이었다.

키리코가 웃으며 그의 등을 두드렸다.

"크큭! 덕분에 잠을 수 있었다."

위협적인 두 과학자가 한데 모였다.

살아 나갈 수 있을까?

…라는 나의 생각을 부정하듯-

"꺼져라! 내 사냥감이다!"

"꺼억!"

난데없이 파라스가 키리코의 복부에 주먹을 꽂았다.

콰앙! 포탄이 터진 것 같은 엄청난 위력이었다.

키리코의 뱃가죽이 터져 나가며 이미 인간의 것이 아니게 된 장기가 사방팔방으로 뿌려졌다.

파라스가 장전하듯 한 번 더 주먹을 뒤로 뺐다.
"이, 이놈!"
"건방지게 2급 나부랭이가 어딜 끼느냐!"
주먹이 정직하게 뻗는다.
그 과정이 방아쇠를 당기는 것 같았다.
쫘앙! 폭발이 일었다.
이번엔 포탄이 터진 것 같은 게 아니라 진짜 폭발이었다. 쇳덩이로 이루어진 주먹이 벌겋게 달아올랐다.
키리코는 들어온 벽 너머로 다시 사라졌다.
멀리서 과학자들이 구경하는 게 보인다. 자기들끼리 뭐라고 숙덕이는데, 내게 전부 들렸다.
"파라스에게 걸렸군."
"못 살아남겠네."
"돌아가서 하던 연구나 끝내자고."
모두 등을 돌린다.
그만큼 파라스가 어마어마한 강자라는 것이겠지.
'레벨 차는 160 정도.'
아무리 나라도 이건 넘어설 수 있는 수준이 아니다.
"끄으……"
로제타가 신음을 흘리며 상체를 일으켰다. 벽 너머라 일부밖에 보이지 않았지만 상태는 꽤 괜찮아 보였다.
HP는 괜찮지 않겠지만.

"하찮은 놈. 궁수 하나 죽이지 못하다니."
파라스가 주먹을 들었다.
아직도 키리코를 날려 버릴 때의 열기가 가라앉지 않았는지 아지랑이 피어오른다.
'이거 어떻게 해야 하나?'
로제타를 미끼로 사용하고 튈까?
그건 너무 양아치 같은 발상이니 철회.
맞서 싸워?
이것 역시 절대 못 이길 테니까 철회.
이럴 때 오델론이 나서 준다면 정말 좋겠는데.
[오델론이 그럴 생각 없다고 말합니다.]
"쪼잔한 사람 같으니."
세계의 존망은 중요하고, 후인의 목숨은 안 중요해?
[오델론이 너는 어차피 되살아난다고 말합니다.]
"빌어먹을 모험가."
"혼자 뭐라고 중얼거리는 것이냐?"
로제타에게 다가가던 파라스가 나를 돌아보았다.
어느새 두 눈도 금색 광채가 흐르고 있었다.
완전 로봇 같다.
"거기서 얌전히 기다리고 있거라. 저 여자를 죽이고 바로 죽여 줄 테니까."
이렇게 된 거 방법이 없다.

모든 걸,
"쏟아 내는 수밖에."
나의 등 뒤로 '날개'가 돋아난다.
[성전 모드:발키리]
구원의 신력이 날뛰기 시작했다.

         ✠   ✠   ✠

신성살의 힘이 매섭게 치솟았다.
거기다 모순되게도 구원의 신력이 풀려나오며 서 있는 공간을 장악했다.
몸 안에서 힘이 넘쳐흐른다.
녹빛으로 타오르는 안광은 광안의 힘과 뒤섞여 마력의 흐름을 보다 선명하게 비추었다.
"반신이었나?"
파라스가 흥미롭다는 듯 묻는다.
대답하지 않았다.
'이걸론 부족해.'
아직 힘의 절대치를 끌어내지 못했다.
캡슐을 꺼내 입에 물었다.
['경시되는 생명'의 효과로 공격력이 50퍼센트 증가합니다!]
이걸로도 부족하다.

공격력을 더 높여야 한다.

160레벨 가까이 높은 레벨을 자랑하는 괴물에게 치명타라도 입히려면 이보다 더 강해져야 한다.

캡슐 하나를 더 물었다.

재생의 빛으로 HP를 어느 정도 회복하고 캡슐을 깨물었다.

['경시되는 생명'의 효과로 공격력이 120퍼센트 증가합니다!]

"재미난 몸뚱이로군."

파라스가 강철 주먹을 쥐었다.

어느새 빨갛게 달아오른 주먹이 짙은 아지랑이를 피워냈다. 주먹은 붉은색을 지나 노란색을, 최후엔 하늘색을 내뿜었다.

'스치면 죽는다.'

맥스 HP여도 저건 즉사감이다.

차라리 죽는다면 놈과 나의 격차가 단숨에 좁혀질지도 모른다.

고개를 저었다. 그건 의미가 없다.

"되려나."

아스칼론을 들어 올렸다.

처음은 큰 걸로 한 방.

[파천무쌍패 99퍼센트!]

공존의 효과로 MP와 SP를 반반 나누었다.

창천을 연상시키는 푸른 강기가 폭발했다.
"흡!"
파라스가 두 팔을 교차시켰다.
강기가 두꺼운 몸뚱이를 정면에서 후려쳤다.
콰아아아앙!
복도가 쓸려 나가며 사방을 비추던 전등들이 모조리 깨져 나갔다.
땅을 박찼다.
꺼낸 MP 포션을 입에 물었다.
신력을 왼손에 둘러 휘둘렀다.
아직 꺼지지 않은 파천의 강기 위로 녹색 신력이 파고들었다.
"크흐흐!"
폭연 속에서 하늘빛이 일렁였다.
파천의 강기가 동심원을 그리며 넓게 퍼져 소멸했다.
"대단한 힘이로다."
파라스의 강철로 이루어진 육체는 전신에 금이 가 있었다. 그 틈으로 용암과도 같은 것이 조금씩 분출되고 있었다.
파천무쌍패가 제대로 꽂힌 것이다.
하지만 쓰러트리진 못했다. 당연했기에 실망하지 않았다.
신력이 창이 되어 떨어졌다.
"놀라운 인간이구나."

파라스의 손에 맺힌 하늘빛 열기는 꺼지지 않았다.

그것을 들었다.

그가 서 있던 공간이 일제히 녹아내리기 시작했다.

구원의 신력 역시 예외가 아니었다.

[뇌전의 신력]

그렇다면 비슷한 현상으로 이루어진 힘으로 공격하면 그만.

구원의 신력으로 뇌전의 신력을 강화시켰다.

신격 아래 있는 신력이기에 아주 자연스럽게 이루어졌다.

아스칼론을 힘껏 뻗었다.

[광섬:게헥]

콰지지직!

뇌전을 흩뿌리는 빛의 섬유들이 파라스에게 쏘아졌다.

파라스는 그것을 보며 히죽 웃었다.

"아쉽구나."

손을 뻗었다.

아지랑이가 끊임없이 확장되었다.

마치 손이 점점 커지는 것 같은 착각이 들었다.

뇌전과 구원에 보호받는 섬유들이 열기를 뚫고 파라스의 몸을 후려쳤다.

지지직- 몇 걸음 뒤로 물리지 못했다.

"이런 인재를 이곳에서 죽여야 한다니."

쾅!

파라스가 땅을 박찼다.
"칫!"
멀어졌던 거리가 단숨에 좁혀진다.
날개를 활짝 펼쳐 뒤로 빠르게 물러났다.
쾅!
놈이 내가 서 있던 곳에 발을 디뎠다.
콰직! 바닥에 거미줄 형태의 균열이 번졌다.
한 번 더 뛰어오른다.
충격을 견디지 못하고 균열이 번진 바닥이 위로 치솟았다.
'빨라.'
대체 저 커다랗고 무거운 몸을 어찌 저리 신속하게 움직이는지 모르겠다.
하지만 속도라면 나 또한 자신 있는 분야.
전신이 번개가 되었다.
굵직한 스파크가 파라스의 옆을 스쳐 지나갔다.
그의 시선이 번개 줄기를 따랐다. 뭔가 이상하다고 느낀 모양인지 그곳으로 손을 뻗었다.
"이미 늦었어."
인간이 아무리 빨라도 번개보다 빠를 수는 없다.
손잡이를 양손으로 움켜쥐었다.
이 스킬을 직접 휘두른 적은 없는데.
[블러디 오러]

상대가 인간이라면 무자비한 위력을 자랑하는 핏빛 칼날이 아스칼론을 휘감았다.

과연 강철로 된 피부를 뚫을 수 있을지는 모르겠다.

그저 해 볼 뿐이다.

깡!

청명한 쇠 울림이었다.

처음엔 실패라고 생각했다.

핏-

그런 소리가 들린 것 같았다.

착각이 아니었다. 붉게 물든 칼날이 강철로 덮인 피부를 아주 살짝, 희미하다 해도 좋을 만큼 파고들었다.

"흡!"

파라스가 어깨 쪽으로 손을 뻗었다.

피를 빠는 모기를 퇴치하듯 손바닥을 활짝 펼쳤다.

저게 닿으면 반드시 죽는다.

[흑점:소드 블랙홀]

평소엔 집중하기 쉽게 검극에 블랙홀을 만드는 편이지만 이번만큼은 어쩔 수 없다.

정신을 극도로 집중시켰다.

고작해야 1초도 안 되는 시간이지만 집중이 극한에 달하니 시간이 느려지는 것 같았다.

긴 칼날에 어둠이 맺혔다.

어둠은 방향을 잃고 헤매듯 우왕좌왕했다.
'모여.'
어둠이 가라앉았다.
그리고 중앙을 향해 한데 모이기 시작했다.
거기까지 걸린 시간은 정확히 0.7초-
"놈!"
파라스의 손이 코앞까지 다가왔다.
넓게 펼쳐져 보이는 손바닥은 금방이라도 나를 우그러뜨리고 녹일 것 같았다.
얼굴이 뜨겁다.
하지만 나는 웃었다.
"내가 더 빨랐어."
흑점이 갈라진 아주 작은 틈새로 스며든다.
다가오던 손이 1센티미터도 안 되는 간격을 두고 정지했다.
"무슨 짓을 한 게냐!"
"살아남으려는 짓."
검을 뽑아 바닥에 착지했다.
뒤도 돌아보지 않고 로제타가 쓰러진 방향으로 달렸다.
"크아아!"
뒤에서 파라스가 괴성을 내질렀다.
보이지 않아 어떤 행동을 하는진 몰랐다.
아마 큰 피해는 입히지 못할 테지.

흑점에서 발생하는 강력한 인력으로 아주 잠깐 움직임을 봉쇄하는 정도로 그칠 것이다.

나에겐 그것으로 족했다.

목을 베어 시원한 사이다로 갈증을 해소하고 싶지만, 안타깝게도 수준 차이가 너무 극명하다.

'살아 나간다.'

지금은 그것만 생각할 뿐이다.

"역시 이건 옳지 못하다."

하야트는 자리에서 일어났다.

모든 걸 알딘에게 맡겼다. 그가 모험가이기 때문에, 죽음에서 자유롭기 때문이었다.

이기적인 발상이었다.

그를 두고 알딘이 부당하다 했을 땐 저도 모르게 변명하고 말았다. 지금 생각해 보면 추했다.

"내가 가자."

사실 위치 정도는 하야트도 알고 있었다.

모를 리가 있나.

그의 반쪽이었던 테햐가 기거하던 곳이다. 특수한 결계로 위치를 숨겼다면 모를까, 그러지 않는 한 자연스럽게 알게 되었다.

"늦지 않기를."

'이동'을 뜻하는 고대의 문자가 소환되었다.

문자가 점점 커지더니 타원형 포탈이 되었다.

그 안으로 들어가자 전혀 다른 공간이 나타났다.

높은 산의 정상이었다.

어둑어둑한 하늘은 아직 날이 완전히 저물지 않았는데도 달과 별이 떠 있었다.

저 아래로 시선을 옮겼다.

소규모 협곡이 그곳에 있었다.

바벨토라니아의 총본이 협곡의 아래에 숨어 있다.

'내가 껴드는 것을 인과율이 방관하진 않겠지만……'

바벨토라니아가 아무리 끔찍한 미치광이들이 잔뜩 모인 거악 집단이어도 고대의 마법을 다루는 하야트에 비할 바는 못 된다.

마음먹으면 저런 곳 따위 10분도 걸리지 않고 이 세상에서 소멸시킬 수 있었다.

그럴 수 없는 것은 인과율이란 족쇄 때문이었다.

'어쩌면 인과율은 그런 걸 해결하기 위해 모험가들을 불러들인 것일 수도.'

모험가는 인과율에 적용받지 않는다.

죽지 않으며, 무슨 일을 벌이더라도 인과율이 적용되지

않는다.

이 얼마나 불합리한 존재란 말인가.

그렇기에 바벨토라니아를 조사하는 데 있어 알딘이야말로 최고의 적격자였다.

그렇다고 사람의 죽음을 이용한 게 잘한 짓은 아니지만.

"알딘을 찾으면 바로 돌아가자."

인과율을 최소화시켜야 한다.

굳게 마음먹고 막 하산하려 하는데, 누군가 옆에 내려앉았다.

하야트가 고대의 마법이 아닌 빛을 일으켰다.

"워워, 진정하라고."

빛이 주위를 밝혔다.

역광이라 그런지 옆에 선 이의 실루엣만 보일 뿐 얼굴은 안 보였다.

빛을 거두었다.

그곳엔 낯익은 인물이 서 있었다.

"당신은?"

등에 멘 거대한 대검이 인상적인 중년인이었다.

한데 낯이 조금 징그러웠다. 얼굴 가죽이 반쯤 벗겨져 뼈가 고스란히 보이고, 팔다리도 정상적이지 않다.

이런 인물은 본 적이……

"오랜만이군."

중년인이 입을 열었다.

처음 들었을 땐 잔뜩 경계한 채라 목소리가 제대로 들리지 않았다. 지금은 선명했다.

하야트는 그를 보며 경악했다.

저 얼굴과 목소리, 그리고 키보다 더 커다란 대검까지. 비록 얼굴이 많이 달라지긴 했지만 모를 수가 없다.

"살아 있었다니!"

"운이 좋았지."

"아델하르트!"

하야트가 중년인, 아델하르트를 꽉 껴안았다.

대륙의 하나뿐인 광전사이자 한때 팔왕에 필적했다고 알려진 초인.

"'굴레의 마왕'에게 당해 죽었다고 들었습니다."

"꼴을 보게. 죽은 것과 다름없지."

"죽은 것과 산 것은 명백히 다릅니다."

"하하! 그건 그렇군."

아델하르트가 소탈하게 웃었다.

"그런데 여긴 무슨 일이십니까?"

"이곳에 내가 찾는 걸 가지고 있는 놈이 있다."

목적을 물어보자 아델하르트의 눈매가 사나워졌다. 한쪽밖에 안 남아서 그런지 위화감은 배로 늘어났다.

"키리코라는 놈이 '다섯 요정의 눈물'을 갖고 있다."

"그걸!"

"내 힘을 완전히 되찾기 위해선 그게 반드시 필요해."

아델하르트는 오래전, 굴레의 마왕에게 패배했다.

몸은 죽은 자와 크게 다르지 않았으며, 가지고 있는 힘 대부분을 빼앗겼다.

다섯 요정의 눈물만이 그 모든 걸 되찾을 수 있는 유일한 희망이었다.

하야트가 고개를 끄덕였다.

"확실히 그거라면……."

"그런데 자네는 왜 이곳에?"

"제 이기심에 모험가 하나를 저곳에 몰아넣었습니다. 비록 되살아난다곤 하나 죄책감이 들더군요."

"자네답군. 모험가 하니 나도 한 명 생각나는군. 영악한 놈이었지. 뭐 하고 지내나 모르겠군."

그때를 떠올린 아델하르트가 큭큭 웃었다.

"그보다 인과율을 나눌 수 있는 사람이 와서 정말 다행입니다."

"나야말로. 저 아래에서 끔찍한 악이 요동치고 있어. 참으로 사악한 곳이야."

"내려가시죠."

두 사람은 신속하게 협곡 아래로 내려갔다.

그리고 빠르게 바벨토라니아로 향하는 입구를 찾아내

문을 열었다.

"앞장서겠네."

"네."

아델하르트가 앞으로 걸어 나갔고, 하야트가 그 뒤를 따랐다.

그 순간,

콰아아앙!

지진이라도 난 것처럼 땅이 크게 흔들렸다.

두 사람은 인상을 구기며 갑작스레 벌어진 현상을 추적했다.

"코앞!"

하야트가 고개를 번쩍 들었다.

저 멀리서 폭연을 동반한 후폭풍이 살벌하게 몰려오고 있었다.

아델하르트가 대검을 직선으로 긋자 후폭풍이 반으로 갈라져 양옆으로 스쳐 지나갔다.

그때 두 사람에게 익숙한 얼굴 하나가 폭연을 뚫고 나타났다.

두 사람이 동시에 외쳤다.

"알딘?"

"알딘!"

"음?"

"어?"

그리고 서로를 바라본다.

폭연을 뚫고 나온 사내, 알딘이 헥헥거리며 두 사람에게 목청 터져라 소리쳤다.

"사람 살려!"

광전사가 죽지 않아!

10분을 거슬러 올라가서.

나는 아직 파라스가 못 움직이는 틈을 타 로제타를 억지로 일으켰다.

"으으······."

키리코에게 당한 여파가 아직 남아 있는지 제대로 서질 못한다.

하는 수 없이 옆구리에 끼고 반대편으로 힘껏 달렸다.

다른 과학자들은 보이지 않았다. 천만다행이었다.

"크아!"

모퉁이를 돌자 뒤편에서 파라스의 괴성이 들려왔다.

콰앙! 박살 나는 소리와 함께 묵직한 뭔가가 이곳으로

달려오는 소리가 들렸다.

파라스일 것이다.

소드 블랙홀조차 놈을 묶는 건 불가능했다.

'이만큼 시간을 번 것만도 대단한 거야.'

이 정도 거리면 애매하지만 안 잡힐 자신 있다.

착각이었다.

꽈앙!

바로 뒤쪽 벽이 무너졌다.

뒷목에 소름이 돋았다.

돌아보지 않았다. 이를 악물고 허벅지와 종아리에 힘을 더할 뿐이다.

"놓칠 줄 아느냐!"

목소리가 금방이라도 닿을 것처럼 가까워졌다.

옆구리에 들린 로제타를 보았다.

이 여자만 내려놓으면 파라스에게서 당장에라도 도망칠 수 있다.

"제에엔장!"

조금 더 바짝 옆구리에 꼈다.

그나마 다행히 허리가 상당히 가늘고 무게가 별로 나가지 않았다.

아처라 장비의 무게도 가벼웠다. 만약 중장갑을 두른 전사 클래스였으면 진심으로 두고 갔을 것이다.

"놈!"

왼쪽 뒤통수 방향으로 희미한 바람이 불었다.

몸을 오른쪽으로 틀었다.

콰아!

강철 주먹이 머리통이 있던 자리로 쇄도했다.

고작 주먹을 뻗었을 뿐인데 엄청난 파공음이었다. 풍압도 몸을 휘청거리게 만들 정도였다.

'맞았으면 진심으로 즉사였다!'

가뜩이나 HP가 간당간당한 상태다.

점멸의 쿨타임이 돌았다. 생각할 것도 없이 바로 사용했다.

"또 잔기술을!"

목소리가 조금 멀어졌다.

"나도 꽤 잔기술을 쓸 줄 안다고 했을 텐데……!"

반대편에서 바람이 밀려온다.

처음에 느꼈던 그 바람이었다.

이걸 정통으로 받아들이면 경직되고 만다.

'어떻게 해야 하지?'

몸이 서서히 경직되는 게 느껴졌다.

방법을 모색하기 위해 눈동자를 굴리다가 손에 들린 걸 발견했다.

"…이거라면."

살짝 미안하긴 하지만,

"그래도 둘 다 살아남으려면 한 명이 어느 정도 희생을 해야죠?"

로제타의 겨드랑이에 양손을 끼어 넣고 앞에 방패처럼 내세웠다.

"으으으……."

내게 오던 바람이 전부 로제타에게 집중되자 몸이 경직됐는지 굉장히 뻣뻣해졌다.

"동료까지 이용하다니! 정말 무시무시한 놈이로군!"

그런 말 하는 주제에 목소리에 웃음기 넣지 말란 말이야.

…라곤 차마 답할 수 없었다. 그럴 시간에 조금이라도 더 이곳에서 탈출하는 데 힘을 쏟아야 한다.

바람이 멎었다.

다시 로제타를 옆구리에 끼고 달렸다. 무슨 통나무를 안고 달리는 기분이다.

"인정하마. 넌 정말 대단한 남자다!"

'네 인정 같은 건 필요 없거든!'

전력 질주 했다.

그렇게 얼마나 달렸을까.

다섯 개의 모퉁이를 지났을 때, 더 이상 발소리가 들리지 않았다.

힐끔 뒤를 돌아보았다.

파라스의 모습은 보이지 않았다.

나를 완전히 놓친 걸까?

방심할 수는 없지만 발소리가 멎은 이상 급히 달릴 필요가 없어졌다.

"후우……."

제자리에 멈춰 숨을 골랐다.

로제타의 경직도 풀려 드는 데 편해졌다. 그래도 팔이 저린 건 여전하니 바닥에 잠시 내려놓았다.

"으으……. 여긴 어디예요?"

그 탓에 의식을 찾았는지 로제타가 눈을 떴다.

나는 뻐근한 팔을 주무르며 대답했다.

"모르겠어요. 생각 없이 도망치다 보니 길을 잃었네요."

"헉! 그, 그러고 보니 아까……."

기절하기 전 기억이 떠올랐는지 로제타가 화들짝 놀랐다.

"게임 속에서 기절할 줄이야……."

"그런 일, 빈번하게 있어요."

말 그대로 가상현실이다. 충격이 덜할 뿐, 기절할 만한 충격을 받으면 뇌 신호가 끊긴다. 그 상태로 죽게 되면 현실에서 깨어나는 거고.

"어쨌든 아직 완전히 도망친 건 아니에요. 이곳을 벗어나지 못하는 이상 계속 쫓길 겁니다. 어서 일어나요."

"네에……."

로제타가 무릎을 짚고 일어났다.

그녀를 데리고 다시 탈출구를 찾기 시작했다.
'바벨토라니아에 입구는 많아.'
분명 이 근처에도 하나 있을 것이다.
마력을 주변으로 넓게 퍼트렸다. 로제타도 완전히 정신을 차리고 탈출구를 찾는 데 최대한 집중했다.

✦ ✦ ✦

대충 20분 정도가 지났다.
파라스는 나타나지 않았다. 계속 길이 엇갈린 건지, 아니면 어딘가에서 우리를 주시하고 있는 건지 모른다.
'다른 과학자들은 코빼기도 안 보여.'
정확한 이유까진 모르겠지만 우리한텐 좋은 일이니 이대로 평생 안 나타났으면 좋겠다.
"저쪽에서 바람이 불어요."
"바람?"
설마 파라스가 만들어 낸 바람인가?
혹시나 싶어 그녀를 뒤로 보내고 직접 바람을 느꼈다. 지하로 흘러 들어온 서늘한 자연풍이었다.
"입구에서 흘러오는 바람인가 봅니다."
"제가 생각해도 그래요."
파라스가 아니라서 안심이 되었다.

그 괴물 같은 강철맨은 두 번 다시 보고 싶지 않다.

경계를 늦추지 않고 내가 앞, 로제타가 뒤를 경계하며 바람이 들어오는 곳으로 향했다.

그렇게 또 얼마를 걸었을까.

"입구예요!"

"빨리 나갑시다."

발견한 입구로 열심히 달렸다.

이대로만 나간다면 성공적인 탈출이었다.

그 생각에 가슴이 벅차올랐다.

그래도 방심은 금물이라고, 아스칼론을 꽉 쥐었다. 언제 어디서 적이 튀어나올지 모르는 일이니.

"먼저 올라가요."

로제타를 위로 올려 보냈다.

그다음 내가 올라갔다.

단단한 철문이 가로막고 있었지만 안에서 여는 건 쉬운 법이다.

콱!

폼멜로 잠금장치를 깨부쉈다.

삐잉삐잉! 시끄러운 경보음이 바벨토라니아 전체에 울려 퍼졌다.

모든 과학자가 경보음을 듣겠지만 이젠 상관없었다. 잠금장치가 파괴되며 이미 문은 열렸고, 탈출은 코앞이었다.

문을 통째로 뜯어냈다.
"바깥이다!"
로제타가 신난 목소리로 외쳤다.
"탈출 성……."
그에 나도 호응해 줄 생각이었다.
"컥!"
로제타가 목 답답한 소리를 냈다.
나는 하던 말을 멈추었다.
칼자루를 꽉 움켜쥐고 휘둘렀다.
"도망 놀이는 재밌었는가?"
칼날이 허무하게 가로막혔다.
그것도 평범한 손바닥에 의해서.
"파라스."
파라스가 히죽 웃었다.
목을 붙잡힌 로제타가 손발을 휘저어 가며 벗어나려고 했다. 무의미한 발버둥이었다.
그대로 오른쪽 벽면에 처박았다.
아니, 그러려고 했다.
[블러디 오러]
인간 한정으로 강력한 위력을 자랑하는 핏빛 칼날이 파라스의 강철 손목을 베었다.
그 깊이는 얕을지라도 확실히 피가 흘러내린다.

"꺅!"

아귀힘이 풀리며 로제타가 엉덩이부터 떨어졌다.

로제타는 짧은 비명과 함께 작은 폭탄을 꺼내 들었다. 지금까진 안 좋은 모습만 보였지만 나름 고렙 유저인 그녀였다.

폭탄을 튕기듯 파라스의 얼굴 앞으로 던졌다.

그녀의 손목을 낚아챘다. 점멸로 단숨에 파라스를 지나쳤다.

콰앙!

폭발이 일었다.

피해는 없는 것과 다름없겠지만 충분히 빈틈을 만들어 냈다.

"빨리!"

날이 저물었는지 빛은 없지만 분명 바람이 강하게 들어오고 있다.

바깥까지 정말 얼마 남지 않았다.

뒤쪽으로 사용할 수 있는 모든 스킬을 남발했다.

빛과 어둠이 계단형 통로를 휩쓸었다.

광안을 뜨고 파라스의 위치를 확인했다.

서 있던 자리에 돌이 된 것처럼 가만히 있는다.

'뭔가 꾸미는 건가?'

그게 아니면 폭탄이 의외로 강할 수도.

고개를 저었다. 그건 절대 아닐 것이다.

놈이 뭘 노리는지 모르니 계속해서 불안함이 폐부를 찌르는 것 같았다.

설마 이런 상황을 유도한 것인가?

그렇다면 정말 악질이었고, 두려운 적이었다.

그리고 그 추측은 안타깝게도 정답이었다.

"많이 즐겼는가?"

정면에서 목소리가 들렸다.

로제타가 헛숨을 들이켰다.

나는 입술을 깨물고 주변을 둘러봤다.

"돌아왔어."

"눈썰미가 좋군."

뒤를 보자 뜯겨져 나간 문이 보였다.

로제타가 놀란 눈을 했다.

"어, 어떻게?"

"처음부터 이런 함정이었던 거죠."

"똑똑하구나."

"빌어먹을……."

진짜로 유도당하고 있던 거라니.

"너의 이름을 묻고 싶구나."

파라스가 이름을 물었다.

"……."

"대답하고 싶진 않나 보군. 뭐, 상관없지. 너는 실험체로 쓰기 아까운 재능을 지녔다. 목숨은 앗아 가지 않으마. 대신 평생 내 수하로서 살아갈 것이다."

"미안하지만 나는 모험가거든. 네가 원하는 걸 들어주진 못할 것 같다."

"⋯모험가라. 모험가가 벌써 이리 강해졌단 말인가?"

모험가라는 말에 파라스는 꽤 놀란 모양이었다.

"그저 부활할 줄만 아는 벌레들이라고 생각했거늘. 키리코 놈, 하찮은 모험가 따위에게 당했다 들었을 땐 그저 머저리라고 생각했었는데. 네놈이겠지? 키리코의 육신을 한 번 지워 버렸던 게."

"뭐, 나긴 하지."

대부분은 아델하르트가 했었지만.

파라스가 그럴 줄 알았다는 듯 고개를 주억였다.

"모험가라⋯⋯. 아쉽도다. 어쩔 수 없지. 모험가에겐 그 어떤 것도 통하지 않으니. 편히 죽여 주겠다."

파라스의 전신에서 뜨거운 열기가 뿜어져 나왔다.

신체 일부만 가능한 게 아니었던가?

'처음부터 전력이 아니었다라⋯⋯.'

그건 마찬가지지만, 애초에 전력을 다한다고 제대로 비벼 볼 상대가 아니다.

'아직 한 번 남았어.'

농락당하긴 했지만 모든 게 끝난 건 아니다.

파라스에게 닿지 않을 목소리로 로제타에게 물었다.

"혹시 얼음 계열 스킬 있습니까?"

"예?"

"아주 잠깐이라도 놈의 움직임을 봉쇄할 수 있는 스킬을 가지고 있어요?"

"네."

로제타가 확신 있는 얼굴로 대답했다.

이렇게 보니 꽤 믿음직했다.

나는 피식 웃으며 신호를 주면 사용하라고 지시했다.

이젠 내가 준비할 차례다.

'딱 한 번.'

성공만 한다면 탈출 확률은 지금보다 최소 50퍼센트는 증가한다.

이렇게 죽나 저렇게 죽나 똑같다면 최대한 살 수 있는 방법을 모색하리라.

"쏴!"

신호가 떨어지자마자 로제타가 시위를 당겼다. 비록 화살 한 대 없었지만 푸른 마력이 시위를 당긴 손가락에 맺혀 활대까지 쭉 이어졌다.

아스칼론을 두 손으로 꽉 붙잡고 위로 치켜들었다.

"헛수고다."

파라스가 우리를 향해 돌진해 온다.

노랗게 달아오른 몸뚱이가 주변을 녹이기 시작했다.

가히 위협적인 전경에 로제타가 시위를 놓았다.

피융- 얼음 화살 하나가 하얀 꼬리를 달고 파라스의 목에 박혔다.

"음?"

파라스가 고개를 갸웃거렸다. 그 모습이 무척 어울리지 않았다.

화살이 하얀빛을 내뿜는다.

쩌적! 얼음 파편이 치솟았다. 목이 얼어붙고, 나아가 상체 전반이 새하얗게 물들었다.

엄청난 열기를 뿜어내는 몸뚱이였지만 화살에서 시작된 냉기는 막지 못했다.

"이게 어떻게 된?"

"그러게. 설마 그런 스킬을 가지고 있을 줄은."

로제타가 의기양양한 얼굴을 하고 있다.

이런 비장의 한 수를 숨겨 놨을 줄이야.

'서리 여왕의 한숨.'

무려 초월급 스킬이다.

그렇다면 나도 기분 좋게,

[패격 엑스칼]

황금빛 뇌기를 두르고 녹빛 신력으로 강화된 성검이 점멸했다.

끝이 아니다.
[빛과 어둠의 충돌]
모든 진기가 빠져나가는 것처럼 전신에 힘이 쭉 빠진다.
빛과 어둠이 뒤엉키며 강력한 충돌 스파크를 흩뿌렸다.
"뛰세요."
"네?"
로제타가 어벙한 얼굴로 되묻는다.
"뛰라고!"
"넵!"
버럭 외침에 로제타가 전력을 다해 달렸다.
순식간에 파라스를 지나쳤다.
검을 떨구었다.
절대 섞일 수 없는 두 개의 속성이 뒤엉킨 채 검극을 떠났다.
[번개화+번개의 길]
파직- 한 줄기 섬광이 되어 파라스를 지나쳤다.
"…놈!"
서리 여왕의 한숨이 모조리 깨졌다.
아직 로제타의 숙련도로는 저 정도가 한계인 것이다.
하지만 괜찮았다.
툭- 성검이 파라스의 가슴팍을 꿰뚫었다.
이어서 빛과 어둠이 서로 하나 되지 못한 채 파라스를 집어삼켰다.

---------------!

엄청난 폭발이었다.

번개의 길을 끊고 로제타를 안아 들었다.

"끼약!"

"갑니다!"

한 번 더 점멸.

그럼에도 폭발은 엄청난 속도로 우리를 뒤쫓았다.

빛과 어둠의 충돌로 발생한 폭발이라면 나는 상관없지만, 뜨거운 불길까지 섞인 걸 보면 파라스의 것이었다.

닿으면 끝장이다.

"으아아아아아!"

"꺄아아악!"

저 앞에 입구가 있다.

전심전력을 다해 뛰었다.

그때 문이 열렸다.

왜 문이 열린 건지, 우리가 보던 빛은 대체 무엇이었는지.

"알딘?"

"알딘!"

누군가 내 이름을 부르는 것 같은 건 착각일까?

모르겠다. 지금 그런 걸 신경 쓰고 싶지 않았다.

그저 목청 터져라 외칠 뿐이다.

"사람 살려!"

✠ ✠ ✠

아델하르트?
하야트?
저 두 사람이 왜 여기 있는지는 모르겠다.
아니, 지금 당장은 그런 것에 신경 쓸 수 없었다.
"게 섰거라!"
파라스가 폭발로 번지는 빛과 어둠을 뚫고 나타났다.
놈은 잔뜩 화가 났는지 전신이 새빨갛게 달아올라 있었다.
증기기관차처럼 몸 곳곳에서 증기가 폭발해 올라온다.
주변에 닿는 모든 것이 열기를 견디지 못하고 녹아내렸다.
"알딘 님!"
"달려요! 살 수 있습니다!"
증기의 영향인지 파라스의 속도가 빨라졌다.
순식간에 벌어진 거리가 좁혀진다.
뒤를 돌아본 로제타의 안색이 창백해진다.
"저, 저……!"
"돌아보지 마!"
굳이 보지 않아도 알 수 있다.
뒤통수를 시작으로 등과 엉덩이, 허벅지가 타들어 갈 것처럼 뜨겁다.

"잡았노라."

이 괴물 같은 자식.

기어코 바짝 추격하는 데 성공했다.

하지만,

"수고했다."

파라스는 내게 닿지 못했다.

고대의 마법이 나를 스치고 지나갔다.

그것은 직접 닿지 않았음에도 뼛속까지 시릴 정도로 차가웠다.

정면을 쳐다보았다.

새하얗게 얼어붙는 바다 끝에 백발의 남자가 손을 뻗고 있었다.

[고대 마법:아이스 에이지(Ice Age)]

오래전, 인간이 문명을 이룩하지 못하던 시대.

그 시대에 군림하던 거대 괴물들을 멸망으로 이끌었던 대재앙.

그것이 축소되어 넓지 않은 통로를 질주했다.

"으아닛!"

파라스의 당황에 찬 음성이 들렸다.

로제타의 허리를 감쌌다.

어멋! 같은 소리가 들렸지만 무시했다.

[점멸]
픽- 하고 공간을 뛰어넘은 순간,
"설마 이렇게 재회할 줄은 몰랐구나."
거대한 대검이 얼어붙은 대지를 가로 베었다.
"운명인 것인가."
현재의 나로선 제대로 대적조차 할 수 없는 괴물이,
"크윽!"
깊게 베지 못한 강철 피부가,
"이, 이 몸의 피부가……!"
종잇장처럼 갈라졌다.
나는 경악한 얼굴로 대검의 주인, 아델하르트를 보았다.
그는 굳은 얼굴로 땅을 박찼다.
좁게 나열된 계단을 한 걸음에 뛰어내렸다.
역수로 쥔 대검 위로 오러가 둘러졌다.
"살살 하십시오."
하야트가 그리 말했고,
"오늘은 모든 게 무거울 거다."
아델하르트가 웃으며 대답했다.
콰직!
대검이 채 열기가 가시지 않은 강철 피부를 꿰뚫었다. 전력을 다해 베어 보려 해도 꿈쩍도 안 한 것이 손쉽게 뚫리다 못해 바닥 깊숙이 들어갔다.

"쿨럭!"

파라스가 피를 토했다.

그가 대검을 뽑기 위해 팔을 들자 하야트가 빠르게 수인을 맺었다.

[고대 마법:영속(靈束)]

파라스의 팔이 목적지까지 닿지 못하고 다시 바닥에 내려앉았다.

파라스는 힘겨운 목소리로 두 사람에게 물었다.

"너, 너희는 대체 누구냐."

아델하르트의 텅 빈 오른쪽 눈에 귀화가 흘렀다.

"키리코는 안에 있나?"

그는 대답해 주지 않았다. 오히려 역으로 질문했다.

파라스가 피식 웃으며 대꾸했다.

"너희는 이 '바벨토라니아' 전체를 적으로 돌린 걸 후회하리라."

"다 쓸어버리면 되겠지."

콰드득!

"컥!"

짧은 단말마였다.

아델하르트는 심장까지 빗겨 올린 대검을 뽑아냈다.

낡고 녹슬었지만 고고한 격이 남아 있는 대검은 피 한 방울 제대로 묻지 않았다.

[레벨 업!]

귓가에 퍼지는 레벨 업 소리에 헛숨을 들이켰다. 직접 죽이지 않아도 많은 피해를 입힌 탓에 레벨이 오른 모양이었다.

반면 로제타는 레벨 업이 안 됐는지 아무런 반응을 보이지 않았다.

'한 게 없으니까.'

냉정하게 얻어맞기만 했지, 한 거라고는 막판에 '서리 여왕의 한숨'을 사용한 것?

초월급 스킬이지만 군중 제어기인 만큼 큰 피해를 입히진 못했을 테니 경험치가 미미하게 올랐을 것이다.

로제타가 말했다.

"살아남았네요."

말과 달리 지금 상황이 별로 안 믿기는 얼굴이었다.

아니나 다를까, 나를 보며 이렇게 물었다.

"다 끝난 거예요? 진짜?"

두 눈이 초췌하다 못해 다크서클이 깊어졌다.

나는 희미하게 웃으며 고개를 끄덕였다.

"예. 일단 죽을 고비는 넘었습니다."

"하아……."

그러더니 바닥에 주저앉았다.

다리가 제대로 풀린 모양이었다.

그녀를 두고 두 사람에게 다가갔다.

"하야트, 아델하르트. 두 사람 모두 여긴 무슨 일입니까?"
"자네와 아는 사이였나?"
"그러는 당신과도 아는 사이였군요."
내 질문의 대답 대신 서로를 보며 놀라 한다.
그러곤 고개를 돌려 나를 보았다.
먼저 말을 건 것은 하야트였다.
"정말 고생 많았다."
"아니, 나한테 맡긴 거 아니었어? 여긴 왜……."
"네가 했던 말이 맞다. 나는 너희 모험가들의 목숨을 너무 가볍게 여겼어. 그래서 이렇게 도우러 왔다."
"허 참……."
나야 나쁠 건 없었으니 굳이 다른 말은 하지 않았다.
다음은 아델하르트였다.
"하야트의 부탁으로 이곳에 왔던 것이로군."
"예. 아델하르트께선… 설마 키리코를 쫓아?"
"맞다. 놈을 끊임없이 추적하다 보니 이곳의 존재를 알게 되었다."
아델하르트는 그리 말하며 통로의 끝을 보았다.
박살 난 문이 덩그러니 있는데, 그 안에서 키메라들이 하나둘 기어 나오기 시작했다.
"파라스의 죽음이 알려진 모양이군요."
평소엔 다른 과학자가 뭘 하든, 밖에서 무슨 소란이 벌어지든 무시하는 자들이다.

 하지만 동료가, 그것도 바벨토라니아 내부에서 적에게 사망했다. 이건 그들로서도 좌시할 수 없는 상황이었다.

 아델하르트에게 말했다.

 "키리코는 저 안에 있습니다."

 잘하면,

 "잊고 있었지만, 당신이 찾는 게 저 안에 있을 겁니다. 90퍼센트 확률로."

 메인 스트림 전체를 뒤집어엎을 수도 있겠다.

 그렇게 되면 내가 그토록 싫어하는 나비효과가 대륙 전체를 뒤바꿀 수도 있다.

 회귀자로서의 이점은 상당 부분 상실하게 될지도 모른다. 아니, 분명 상실할 것이다. 메인 스트림 부분에서만큼은.

 그래도 상관없었다.

 "느껴진다. 저 깊은 곳에서."

 아델하르트가 여기까지 온 이상 유지할 수 없다면,

 "안내하겠습니다. 아예 뿌리를 뽑아 버리죠."

 모든 걸 내가 주도하겠다.

 내가 처음부터 만들어 가리라.

 그리 각오를 다지고 걸음을 막 뗀 순간,

 "아, 알딘 님?"

 멋있게 걸음을 옮기려던 나를 로제타가 불러 세웠다.

"에?"
"저, 저도 데려가 줘요!"
분위기가 다 깨져 버렸다.
그것참, 기분 팍 상해 버리네.

✟ ✟ ✟

키리코가 눈을 떴다.
그는 바닥에 엎드린 채 눈을 연신 껌뻑거리다가 얼굴을 와락 구겼다.
"파라스으으으으!"
의식이 끊기기 직전이 떠올랐다.
새빨갛게 달아오른 정권을 자신에게 내질렀다.
엄청난 충격이었고, 육신의 절반이 터져 나가는 고통이었다. 그걸 견디지 못하고 의식을 잃었다.
정신과 육신은 이미 인간은 물론이고 어지간한 생물의 한계점을 돌파했다.
그런데도 파라스의 정권에 몸도 마음도 걸레짝이 되었다.
"비, 빌어먹을 새끼……. 1급이라고 뻗대기는!"
파라스가 적을 두고 자신을 공격한 건 안중에도 없었다.
단순히 2급이라고 무시했기 때문에 열이 받았다.
그의 정신 상태가 일반인과 얼마나 동떨어져 있는지 알

수 있는 대목이었다.

육체는 어느 정도 수복되었다.

키리코는 연신 파라스의 욕을 하며 자리에서 일어났다.

"300개체 정도가 죽었나?"

키리코의 육신은 셀 수 없을 정도로 많은 벌레로 이루어져 있다. 파라스의 공격에 죽은 개체만 따져도 수백에 달하니 아쉬울 뿐이다.

"그놈들은 죽었겠군."

개 같은 놈이긴 해도 파라스가 움직였다.

바벨토라니아에 몇 없는 1급 과학자.

심지어 파라스는 타고난 괴인이었다. 그의 근골은 태생이 장사였고, 뛰어난 두뇌는 그런 육체를 수없이 업그레이드시켰다.

당장 혼신의 힘을 다해 만든 이 몸뚱이가 손쉽게 터져 나가지 않았던가.

"연구실로 돌아가자."

파라스에게 따지고 싶어도 힘의 차이가 크니 어쩔 수가 없다. 이 빚은 준비하고 있는 프로젝트를 완성시키고 스폰서들을 쥐어짜면 그때 갚을 수 있을 것이다.

"천하의 키리코가 어쩌다……."

그가 뚫린 벽 밖으로 막 나온 순간이었다.

후웅!

"키라아악!"

"살려……!"

묵직한 바람 소리와 동료들의 비명 소리가 동시에 들렸다. 시선을 그곳으로 옮겼다.

두 과학자가 사지가 여러 개로 나뉜 채 허공을 날고 있다. 심지어 개중 하나는 자신과 같은 2급 과학자였다.

"파라스 놈?"

고개를 저었다.

파라스가 기묘한 바람을 다루긴 하지만 저런 무식한 광풍은 아니다.

무슨 일이 벌어진 거야?

키리코가 신체를 급히 갑각 형태로 변형시켰다.

가장 위험한 것을 무기로 하고 광풍이 사그라진 곳으로 달려갔다.

그리고 그곳에서 절대 마주쳐선 안 되는 인물과 맞닥뜨리고 말았다.

"너, 너……!"

"오랜만이구나, 이 벌레 새끼야."

아델하르트가 흉측하게 웃으며 대검을 내질렀다.

콰앙!

대검이 시원하게 작렬했다.

키리코의 왼팔이 잘려 나가고, 두터운 갑각이 왼쪽 어깨에서부터 오른쪽 허벅지까지 길게 갈라졌다.

나는 뒤에서 팔짱을 끼고 그 광경을 지켜봤다.

"크헉!"

키리코가 기우뚱하더니 주저앉았다.

대검이 반월을 그리며 허공을 내달렸다.

위기감을 느꼈는지 추하게 바닥을 구른다. 그러면서 등허리에서 뭔가를 뽑아냈다.

단순히 피하려고 그런 건 아닌 모양이었다.

그것은 뭉툭하지만 끝이 매우 날카로웠다.

"진짜 벌레가 됐군."

대검이 지름 1미터는 될 법한 전갈의 꼬리를 갈랐다. 녹색 체액이 사방에 뿌려지며 검보랏빛 독이 주르륵 흘러내렸다.

"크아!"

키리코의 오른팔이 전갈의 집게가 되었다.

가위처럼 넓게 펼쳐져 아델하르트의 허벅지를 노렸다.

핏빛 오러가 폭발했다.

집게가 오러에 흔적도 없이 흩어졌다.

"그땐 운 좋게 도망쳤다만."

이젠 방심하지 않는다.

아델하르트는 그리 중얼거렸다.

쿠구궁!

사방에서 벽이 무너지는 소리가 들렸다.

수많은 키메라가 이곳을 향해 달려오고 있다.

그 뒤에 과학자들이 뭐라 뭐라 소리치는 게 들렸다.

내가 나설 것도 없었다.

살(殺)을 뜻하는 고대의 언어가 소환되었다.

키메라들이 한 줌 재가 되어 산화했다.

"흠……."

하야트의 손끝에 미약한 스파크가 걸렸다.

인과율의 영향이었다.

"아델하르트는 괜찮은데, 당신은 왜?"

"지금 저분은 아주 많은 힘이 제약된 상태라 그런 거다."

"음?"

"쉽게 말해 지금의 난 아델하르트 님보다 다섯 배 이상은 강하단 말이다. 원래라면 나보다 더 강해야 할 사람이지만."

"아하."

그렇게 설명하니 이해가 쉬웠다.

아델하르트는 커트라인에 걸리는 수준이라 인과율의 영향을 받지 않는다는 말이다.

완전 치트키 아니야?

"알딘 님."
그때 로제타가 내 옷깃을 잡아당겼다.
"네?"
"잠시……."
그러곤 나를 뒤쪽으로 데리고 갔다.
무슨 할 말이라도 있는 걸까?
"저……."
"뭔데요?"
"그분은 어디로 가셨어요?"
"그분?"
"절 구해 주셨던… 분이요."
손을 꼼지락거리며 부끄럽다는 듯 양 볼을 붉힌다.
나는 표정이 한순간에 썩는 걸 느꼈다.
"몰라요."
"예?"
"모른다고요. 그냥 사라졌어요."
"아……. 그, 그렇군요."
"차라리 잘됐어. 아까 못 들은 거 지금 듣도록 하죠. 받았다는 퀘스트가 정확히 뭡니까?"
상황이 원체 급박해 듣질 못하고 있었다.
로제타가 내 눈치를 살살 보다가 입을 열었다.
"카자흐라는 과학자를 찾으란 퀘스트였어요."

"카자흐?"
"아세요?"
모르는 이름이다.
"대체 누가 카자흐를 찾으라고 한 거였나요?"
"이름은 몰라요. 그냥 위치만 알고 있어요."
"그곳이 어디인데요?"
"어… 음……."
살아 있기라도 한 건지 양 갈래 머리가 아래로 축 처졌다.
말하기 싫은 감정이 고스란히 드러나니 할 말을 잃었다.
"어차피 한배를 탄 동료 아닙니까."
살살 구슬렸다.
"그리고 생색내는 건 아니지만… 제가 살려 드렸잖아요?"
"그, 그렇죠."
"어차피 저도 바벨토라니아 관련 퀘스트를 진행 중이니 같이 좀 하자고요."
"그, 그렇다면야. 위치는 바로……."
드디어 퀘스트를 준 녀석의 위치를 듣겠구나.
뭐 하는 놈이기에 벌써부터 바벨토라니아와 엮여 있는지 꼭 확인해 봐야겠다.
로제타가 입을 열었다.
"아틀란티스의 샤보스라는 마을이에요."
그 지명을 듣는 순간 나는 할 말을 잃었다.

샤보스.

그곳은 금지에 속한 곳으로, '떨어진 신'이 숨어 기거하는 곳이기 때문이었다.

'역시 그 말고는 없잖아?'

샤보스에서 퀘스트를 줄 만한 인물이라곤 한 명밖에 없었다. 애초에 그곳은 '거짓된 장소'였다.

로제타가 그곳에 가게 된 경위도 들어 봐야 한다.

그곳은 가고 싶다고 갈 수 있는 곳이 아니다.

우연이 겹친다면 가능할 수도 있겠지만 로제타 정도의 유저가 그럴 것 같지는 않았다.

이곳에선 어리숙한 모습을 자주 보였더라도 명색이 200레벨 중후반대의 유저다.

'관련 퀘스트가 있을 수도 있지.'

먼저 확인해야 할 게 있다.

나는 로제타를 뒤로하고 막 키리코의 목을 베려는 아델하르트를 불렀다.

"아델하르트 님!"

"중요한 순간에 왜?"

"잠시 죽이지 말아 보십쇼."

"뭐?"

성큼성큼 그에게 다가갔다.

세 번째 메인 스트림의 대미를 장식해야 할 키리코는 이곳에서 반쯤 죽어 가고 있었다.

"이놈에게 할 말이라도 있나?"

"예. 아주 중요한."

"빨리 끝내. 이런 꼴을 해도 언제든 도망칠 준비를 하고 있을 테니까."

누구보다 더 잘 알고 있다.

수세에 몰릴수록 제 안위를 더 걱정해 부하들조차 장기말로 내던지는 놈이다.

피로 떡진 머리칼을 우악스럽게 움켜잡고 위로 치켜들었다.

잔뜩 뭉개진 면상이 흉하게 드러났다.

"야."

"…알딘."

의식은 살아 있는지 독기 서린 목소리로 내 이름을 부른다.

"한 가지 묻겠다."

"말하면 살려 주나?"

다 죽어 가는 주제에 목소리 한번 카랑카랑했다.

역시 뭔가 수를 하나 남겨 놓은 게 분명하다.

쪼그려 앉아 키리코와 시선을 맞췄다.

"카자흐가 누구야?"

로제타가 찾는 인물, 카자흐.

그는 분명 바벨토라니아에 있었다.

카자흐란 말에 키리코의 부은 눈이 살짝 커졌다.

"네가 그 이름을 어떻게 알지?"

"됐고, 카자흐가 누구냐고."

"크큭! 누구냐고 묻는 걸 보니 카자흐가 뭔지도 모르는 모양이로군."

뭔지도 모른다고? 사람이 아니라는 말인가?

'로제타는 카자흐란 과학자를 찾는다고 했는데.'

그녀의 말이 거짓이 아니라면 분명 사람이어야 한다.

과학자란…….

문득 머릿속에 이미지 하나가 스쳐 지나갔다.

설마 그건가?

"호문쿨루스였구나."

"네가 그걸 어떻게!"

"알딘!"

살짝 거리를 두고 있던 아델하르트는 키리코가 소리를 높이자 단숨에 달려왔다.

나도 무의식적으로 튀어나온 말이라 당황했지만 다행히 듣진 못한 모양이었다.

키리코가 아델하르트를 무시하고 내게 말했다.

"네놈이 호문……!"

콰직!

그 전에 내 손끝이 먼저 놈의 목을 파고들었다.

약해질 대로 약해진 피부가 순두부처럼 으깨졌다.

키리코는 실핏줄이 잔뜩 터진 눈으로 나를 노려보았다. 그러다 실 끊긴 인형처럼 고개를 숙였다.

'칫! 위치를 물어봤어야 했는데.'

아델하르트 앞에서 헛소리를 할까 봐 그냥 죽여 버리고 말았다.

이번에는 진짜 죽은 것인지 귓가에 레벨 업 알림이 세 번 연속으로 울렸다.

"……."

아델하르트가 나를 미심쩍은 눈으로 보다가 몸을 돌렸다.

중요 NPC와의 관계가 이러면 조금 곤란한데.

하지만 어쩔 수 없었다.

키리코는 메인 스트림에서 중요한 지분을 차지하는 악당. 필연적으로 운영진이 확인하게 될 것이다.

그리 되면 아직 밝혀지지 않은 사실을 내가 알고 있다는 정보가 흘러 들어갈 가능성이 높았다.

"이상한 낌새가 있어서 죽였습니다."

"그래."

갑작스러운 내 행동이 확실히 어색했던 모양이다.

괜히 입맛이 썼다.

하야트와 로제타가 황급히 다가왔다.

"죽인 건가?"

"위, 위치는 알아냈나요?"

두 사람이 동시에 물었다.

하야트의 궁금증부터 해결해 주었다.

"그래. 완전히 죽었어."

허무한 결말이지만 이로써 앞으로 진행될 메인 스트림이 크게 뒤바뀔 것이다.

그게 어떤 방향이 될지는 모르겠지만.

"다섯 요정의 눈물은 어떻게 됐습니까?"

"실토하지 않았다."

"그럼… 괜히 죽인 건가요?"

"어차피 말하지 않았을 거다. 그래서 죽이려 했던 거고."

그 말처럼 아델하르트는 키리코의 목을 동강 내려고 했다.

우리는 주변을 둘러보았다.

살아남은 과학자들과 키메라들이 잔뜩 경계심을 올린 채 우리를 포위하고 있다.

레벨은 하나같이 끔찍할 정도로 높지만, 이곳엔 아델하르트와 하야트가 있었다.

"빠르게 쓸어버리고 찾지."

핏빛 오러가 대검에 둘러졌다.

아델하르트의 안광이 광기로 물들었다.

✥ ✥ ✥

핏빛 강기가 복도를 휩쓴다.

키메라들이 걸레짝이 되어 허공에 나부끼고, 등급이 낮은 과학자들 역시 같은 신세였다.

그나마 키리코와 동급의 과학자들이 제법 선방하고 있었다.

개인주의를 넘어 이기주의에 찌든 자들이 협동하니 아델하르트 혼자 뚫기 버거워 보였다.

그럴 땐 하야트가 나섰다.

인과율이 그를 막아섰지만 살짝 선을 넘는 정도는 위험하지 않았다.

고대의 마법과 불쾌한 빛이 적들을 도륙했다.

나와 로제타는 뭐 하고 있냐고?

"NPC 쩔이 진짜 대단하긴 해요."

"그, 그러게요. 레벨이……."

농담이 아니고 5분에 1레벨씩 오르고 있다.

로제타는 나보다 레벨이 낮으니 그보다 더 빨리 렙업을 하고 있을 것이다.

진짜 치트키를 쓴 것처럼 행복하다.

그런데 여기서도 욕심이 조금 더 생기니.

'아, 내가 한 대만 쳐도 경험치 들어오는 양이 확 늘어날 텐데.'

홀리 가디언은 여타 게임처럼 공격을 하고 안 하고에 따라 받는 경험치 차이가 컸다.

"이번엔 이 방이군."

아델하르트가 잠겨 있는 연구실 문을 그냥 뜯어냈다.

그 광경에 혀를 내둘렀다. 저건 내가 무슨 짓을 해도 파괴하기 힘든 문이다.

'그런 걸 한 손으로……'

하긴 아델하르트가 어떤 존재인가.

전성기 땐 팔왕과 견줄 정도의 괴물이었다.

지금의 힘은 그때에 비하면 초라한 수준이다.

"흠……."

플라스크가 잔뜩 있는 연구실이었다.

복잡한 장치가 공간을 다 잡아먹었는데, 얇은 관이 플라스크를 하나하나 다 연결하고 있었다.

색이 참 다양해 예뻤다.

"예쁘다."

로제타가 작게 감탄했다.

"이곳은 아닌 것 같군. 느껴지지 않아."

"하지만 재밌는 것들이 많군요."

하야트가 걸음을 내디뎠다.
마력이 퍼지자 서랍들이 덜컹거리며 열렸다.
온갖 잡다한 것들이 들어 있었다.
가까운 곳에 있는 것부터 살펴보았다.
"호오……."
이런 걸 왜 서랍에 넣어 둔 거야?
나는 작은 원통 안에 든 신비한 보석을 보았다.
보석은 밤하늘을 연상시킬 정도로 까맸지만 별이 박힌 것처럼 아름다웠다.

[우주 결정]
등급:유니크
분류:장비 제작 재료
설명:연금술을 통해 작은 우주를 연성하여 고체화시킨 핵의 결정이다. 깊은 어둠이 머물고 있는 만큼 액세서리로 제작한다면 대단한 물건이 탄생할 것이다.

"헉!"
생각보다 엄청난 물건이었다.
"뭔데?"
"아, 아니야."
하야트가 내 쪽으로 다가오기에 황급히 주머니에 집어

넣었다.

"싱겁긴."

모두가 서랍을 하나씩 다 뒤져 보았다.

그중에서 귀하다 싶은 건 총 6개가 발견되었다. 하나같이 우주 결정과 맞먹는 물건이었다.

N 등분 하여 나눠 가졌다.

아델하르트는 다섯 요정의 눈물만 있으면 된다며 소유권을 포기했다.

우리야 개꿀이었다.

"가지."

다시 밖으로 나갔다.

"오우야."

"벌레들이 잔뜩 기어 나왔군."

"으으……. 징그러워."

"흠……."

끔찍하게 생긴 지네 수백 마리가 복도 바닥에서 꿈틀거리고 있다.

보기만 해도 혐오스러웠다.

로제타는 안색이 창백해질 정도였다.

나도 비위가 강하다 자부하는데, 이건 조금…….

"크하하하!"

다짜고짜 아델하르트가 광소를 터트렸다.

전신이 핏빛으로 물들더니 순식간에 지네 밭을 휩쓸었다.

키에엑-

케엑!

지네들이 비명을 내질렀다.

남아 있는 개체가 아델하르트를 일제히 공격했다.

도와야 하나 싶어 칼자루에 손을 올린 순간-

"크큭! 크하하하하!"

'광전사'가 깨어났다.

"여기가 키리코의 연구실이네."

딱 봐도 온갖 기괴한 것들이 잔뜩 놓여 있다.

물론 이것만 가지고 알 순 없지만, 누가 봐도 키리코의 연구실이란 걸 알 수 있는 물건이 하나 놓여 있었다.

이걸 물건이라고 해야 하나?

"대체 그놈은 제 대가리를 왜 여기다 둔 걸까?"

"그놈의 육체는 아주 많은 것으로 구성돼 있었다. 머리 또한 그랬지. 아마 이건 대체품이었을 거다."

하야트가 키리코의 머리를 만지며 설명했다.

"본 것만으로 그런 것도 알 수 있어?"

"마력의 흐름이란 건 익숙해지기만 하면 천 갈래, 만 갈래라도 볼 수 있다. 그러니 너도 그 눈을 열심히 단련해라."

그 눈이라 하면 광안을 말하는 것이다.

"쿵. 그보다 아델하르트 님은 어딜 간 거야?"

아까 전에 제대로 폭주하고부터 안 보인다.

"이곳으로 오고 있다."

콰앙!

하야트의 말이 끝나기 무섭게 벽을 뚫고 아델하르트가 나타났다.

손엔 짓이겨진 고깃덩이를 쥐고 있었는데, 색이 바랜 가운을 입고 있는 걸 보면 이곳의 미치광이 중 하나였다.

"후우……."

증기처럼 뿜어져 나오는 핏빛 오러가 걷힌다.

탁해진 눈이 원래대로 돌아오자 '광전사'가 사라졌다.

"고생하셨어요."

"흥!"

고깃덩이를 바닥에 집어 던졌다.

"이곳인……. 이곳이군."

아델하르트가 이곳이냐고 물어보려다 키리코의 머리를 보고 말을 정정했다.

"눈물을 찾도록 하죠."

"그러지."

하야트가 마력을 일으키자 서랍들이 덜컹거리며 열렸다.

우리는 아까처럼 열심히 서랍을 뒤져 보았다.
하지만 다섯 요정의 눈물이 나오는 일은 없었다.
"어딘가에 숨겨 놓은 것일 수도."
다섯 요정의 눈물은 귀한 보석이다.
숨겨진 금고 같은 게 있을 것이다.
문제는 마력으로도 찾아지지가 않는다는 것이었다.
"부수면 나오지 않을까?"
"그렇게 무식한 방법으로 해결될 것 같진 않은데요."
"으음……."
키리코는 영리한 놈이다.
마법적이든 과학적이든 기이한 장치를 이용했을 것이 분명하다.
[광안]
주변 마력의 흐름을 읽었다.
마력으로 못 찾는다면 마력의 흐름을 읽어 보면 된다. 이것도 별 소용이 없을 수 있지만, 뭐라도 해 봐야지 않겠나.
주변을 쭉 훑어보았다.
특별한 건 없었다.
마법적인 방법으로 숨겨 놓은 건 아니라는 뜻이다.
그때였다.
"저기."
로제타가 구석진 곳을 가리켰다.

그녀를 돌아보자 두 눈이 황금빛으로 물들어 매의 그것처럼 빛나고 있다.

호크아이였다.

멀리 있는 것을 더 잘 보고, 사물을 보다 선명하게 관찰해 함정을 간파할 수 있는 눈.

"매의 눈이 이곳에서 도움이 되다니."

하야트는 그게 퍽 흥미로운 모양이었다.

아델하르트가 가리킨 곳으로 가 손바닥으로 주변을 툭툭 건드렸다.

"확실히."

뭐가 다르긴 한 모양이었다.

아델하르트가 뼈만 남은 주먹을 들어 벽을 후려쳤다.

보통은 뼈가 부서질 것 같지만 괴물 같은 아델하르트는 벽을 부숴 버렸다.

거미줄 같은 것이 나타났다.

같은 것이라 표현한 건 거미줄이 아니기 때문이다.

"이건?"

"호오?"

벽에 아무래도 마력을 차단하는 성분이 든 모양이었다.

저 거미줄 같은 것에서 흘러나오는 마력이 똑똑히 보인다.

그것은 난폭하고, 복잡했으며, 불규칙했다.

형태는 특이할지언정 우리는 한눈에 그것이 뭔지 알아

볼 수 있었다.
"금고네."
"금고야."
"금고 한번 거창하게 만들었네요."
금고였다.

✥ ✥ ✥

하야트가 금고를 유심히 들여다보다 말했다.
"함부로 열면 안 되겠군."
"마력 회로가 복잡하게 얽혀 있어."
얼마나 복잡한지 광안으로도 마력 다발들을 구분하는 게 불가능했다.
그렇다고 때려 부술 수 있는 구조도 아니었으니.
참으로 난감했다.
로제타의 호크아이도 이쪽으론 영 쓸모가 없었다.
이번에 믿을 건······.
"흠······."
하야트가 턱을 문지르며 금고를 유심히 보았다.
고개를 이리 꺾고, 저리 꺾고. 가까이 가서 보았다가 살짝 떨어져 금고의 전체를 확인한다.
"그렇군."

그리고 뭔가를 깨달은 듯 고개를 주억였다.

"알아낸 거라도 있나?"

아델하르트의 질문에 하야트가 빙긋 웃었다.

"쉽게 설명하자면 저것은 퍼즐입니다."

거미줄 같은 금고는 겉으로 봤을 때 회백색을 띠고 있을 뿐 퍼즐과 연관시키기 어렵다.

하지만 마력의 흐름이 보이는 내게 그의 말은 확실히 와 닿았다.

"퍼즐……. 괜찮은 비유네."

물론 난이도가 괴랄한 수준인 것만 뺀다면.

이딴 걸 어떻게 푼단 말인가?

하야트가 고개를 저었다.

"쉽다."

"어딜 봐도 엄청나게 복잡하고 어려워 보이는데?"

"그것이 바로 함정이다. 사람의 눈이란 그저 보이는 것만 좇고 현혹되기 마련이지. 하지만."

하야트의 기다란 손가락이 금고의 가닥을 붙잡았.

밑으로 당기자.

키리릭- 철컹!

톱니바퀴 맞물리는 소리가 들렸다.

그리고 거미줄이 모두 끊어져 바닥으로 떨어져 내렸다. 동시에 숨겨져 있던 진짜 금고가 모습을 드러냈다.

나는 놀란 눈으로 하야트를 보았다.

복잡하게 얽혀 있던 구조가 고작 한 번의 움직임으로 규칙성을 되찾았다.

보고도 믿기 힘든 광경이었다.

"결국 하나였던 거야. 꼬여 있던 건."

"놀랍군."

아델하르트도 마력의 흐름을 보고 있었는지 작게 감탄했다.

로제타만이 무슨 일인지 모르겠단 얼굴이었다. 굳이 설명해 주진 않았다.

하야트가 금고의 문을 열었다.

오랫동안 열리지 않았는지 삐걱거리는 소리가 울렸다.

"이거로군요."

"드디어 찾았다."

아델하르트의 큼지막한 손이 금고 안에 놓인 푸른 보석을 꺼냈다.

그것을 손바닥 위로 내보였다.

물방울 여러 개가 겹쳐 있는 것 같은 아름다운 자태였다.

이것이 아델하르트가 그토록 찾던 보석, 다섯 요정의 눈물.

"축하드립니다."

"고맙네. 자네 덕분이야. 자네가 아니었으면 여기서 또 한동안 고생했겠지."

그 말대로였다.

금고를 찾았어도 열진 못했을 것이다.

그만큼 인간의 심리를 제대로 건드린 암호였다.

"그걸 이제 어떻게 사용하십니까?"

"신단의 제물로 바친다."

"신단? 신에게 부탁한다는 건가요?"

"그래. 마왕이 내게 걸어 놓은 인과율을 어느 정도 감당할 수 있는 신이어야겠지만."

오델론의 유지를 잇는 건 비단 나만이 아니다.

아델하르트 역시 그의 힘을 동경해 탄생한 광전사 중 한 명. 그런 그가 오델론의 대적이나 다름없는 신에게 부탁을 하려고 한다.

뭔가 기분이 묘했다.

[오델론이 아델하르트를 주시합니다.]

그건 오델론도 마찬가지였던 모양이다.

아델하르트가 말했다.

"별로 내키진 않는다. 신에게 부탁을 하는 게. 우리 광전사들은 기본적으로 신을 별로 좋아하지 않으니까."

예상외의 말이었다.

"오델론 때문입니까?"

"없다면 거짓말이지. 하지만……."

아델하르트는 쓸쓸한 얼굴로 다섯 요정의 눈물을 보았다.

"나부터 살고 봐야 하지 않겠나?"

그리 말하며 푸른 보석을 세게 움켜쥐었다.

힘이란 적이 없다면 의미가 없는 것.

하나 적이 있다면 얘기가 또 달라지는 법이다.

아델하르트는 지금 상태로도 충분히 강하지만, 그의 적은 무려 마왕이었다.

완전하던 시절에도 감당하지 못했던 최강, 최악의 적. 심지어 마왕에게 쫓기고 있는 실정이니 신에 대한 감정이 무에 중요할까.

"가지."

아델하르트가 보석을 아공간에 넣고 몸을 돌렸다.

하야트가 뒤를 따르려는데, 두 사람을 불러 세웠다.

"잠시. 찾아야 할 게 하나 더 있습니다."

"그게 뭐지?"

이왕 여기까지 온 거 혼자 찾기보다 두 사람의 힘을 더 빌려 보자.

"카자흐란 과학자를 찾아야 합니다."

"카자흐?"

"예. 로제타가 찾는 인물로, 저도 그에게 볼일이 생겼거든요. 근데 저희 힘만으론 버거우니 조금 도와주시죠."

"좋다. 너희에겐 빚을 졌으니 찾을 때까지 최선을 다해 돕도록 하겠다."

"나도 돕지."

치트키가 다시 한 번 발동되었다.

※ ※ ※

"너의 활약은 익히 들어 알고 있다. 자신 있나?"

둠스데이의 수장, 호조가 자리에 비스듬히 앉아 앞에 선 남자에게 묻는다.

남자는 시종일관 웃는 얼굴을 하고 있었는데, 묘하게 이질감이 느껴졌다.

남자가 대답했다.

"물론입니다."

"하긴 그런 곳에서 살아남는 것도 모자라 팔아넘기기까지 했으니."

호조는 눈앞에 놓인 남자의 커리어를 읽으며 피식 웃었다.

뭐 하는 놈인지 몰라도 정말 엄청난 놈이었다.

그는 한창 버그 플레이어들이 난립하던 시기를 떠올렸다.

참으로 답이 없어 조직에서도 놈들 때문에 골머리를 썩였다.

한데 눈앞의 녀석은 그곳에서 무려 간부로 지냈다.

심지어 그 최후를 자기 손으로 직접 만들었다.

다른 보고서를 손에 쥐었다.

신문 기사를 스크랩한 것이었다.
기사의 헤드라인은 이러했다.

〈홀리 가디언의 아버지라 불린 다섯의 마이스터 중 1인 최장필. 덜미를 잡혀 결국 구속되다!〉

최장필. 모든 플레이어가 가지고 있는 고유 코드 번호를 개발하고, 다섯의 마이스터에게만 주어진 마스터키를 가진 인물.
한때 홀리 가디언을 어지럽혔던 악성 핵은 그의 손으로 만들어졌다.
그리고 몇 달 안 되어 결국 철창신세가 되었다.
사실 그를 추적하는 건 불가능했다.
코드 번호란 일종의 주민등록번호 같은 것이다.
플레이어마다 하나씩 발급되는 것으로, 이것이 없다면 플레이어가 사용하는 캡슐의 위치는 물론 신상 정보까지 파악하는 건 불가능했다.
만약 코드 번호가 말소된다면 운영진은 무슨 짓을 해도 그들의 위치를 찾지 못한다.
왜냐하면 그 모든 것을 최장필이 만들었고, 회사 몰래 말소할 수 있는 시크릿 코드를 제작했기 때문이었다.
결국 내부에서 배신이 있지 않는 이상 그들의 계획은 언젠가 성공할 수밖에 없었다.

그런데 그걸 눈앞의 남자가 해냈다.

위치를 몰래 폭로하고, 해당 조직의 모든 간부를 잡아들였다.

허무한 결말이었고, 소름 끼치는 결말이었다.

그래서 더 마음에 들었다.

언젠가는 조직도 배신할 수 있지만, 개목걸이를 컨트롤하는 것은 주인의 역량이다.

"아멜로스."

부드럽게 흘러내린 백금발 아래 큼지막한 눈이 휘었다.

"하명하시죠."

고운 미성, 그러나 자신감 넘치는 목소리.

만족스럽다.

"네가 해야 할 건 단 하나."

호조의 눈이 반쯤 가라앉았다.

이마 아래로 그림자가 드리웠다.

"모든 길드를 '둠스데이' 아래 복속시켜라."

"기꺼이."

'둠스데이'가 본격적인 길드 사냥에 나섰다.

그 필두엔 알딘을 배신하고 죽음으로 몰아간 괴물-

아멜로스가 서 있었다.

✟ ✟ ✟

아델하르트의 활약은 정말 대단했다.

몰려오는 키메라든 과학자든 구분하지 않고 돌진하는 것만으로 모조리 쓸어버린다.

이건 광전사라기보단 그냥 살아 있는 탱크 수준이었다.

그렇게 카자흐가 있을 법한 연구실을 찾으러 돌아다니길 수십 분이 흘렀다.

과학자 하나가 우리 앞을 막았다.

"네놈들은 대체 뭔데 이곳에서 이렇게 깽판을 치는 거야!"

허벅지까지 머리칼이 내려오는 여자였는데, 히스테릭이 상당한지 두 눈이 아주 표독스럽다.

손톱도 관리를 안 하는지 3센티미터는 되어 보였다.

내가 한발 나서 물었다.

"카자흐는 어디 있지?"

"…카자흐? 지금 카자흐 때문에 이 난리를 치는 거냐?"

"음……. 복합적인 이유가 섞여 있다 치자고."

"이 자식들……. 카자흐만 내놓으면 돌아갈 테냐?"

이제야 말이 좀 통하는 녀석이 나왔다.

지금까진 하루살이처럼 나 죽어라 달려들던 놈들밖에 없었는데.

"우리도 이렇게까지 할 생각은 없었다고."

"웃기고 있군."

이런 뻔한 거짓말은 안 통하나 보다.

뒤에 있던 동료들도 그런 헛소리는 왜 하냐는 눈초리였다. 괜히 민망해져 코를 문질렀다.

"아무튼 약속하마. 카자흐만 내놓는다면 그냥 갈게."

이미 바벨토라니아에서 뽑아 먹을 건 모조리 뽑아 먹었다. 이 이상 이곳에 있어 봐야 시간 낭비였다.

여자가 분하단 얼굴로 따라오라 손짓했다.

혹시나 함정으로 유도하는 것일 수도 있어 광안에 신력까지 더했다.

로제타도 호크아이를 없애지 않았다.

그렇게 따라가길 5분.

"대체 언제 나오는 거야?"

"카자흐의 연구실은 이곳에서 가장 먼 곳이다. 잔말 말고 따라와."

날 선 말투에 아델하르트가 칼자루를 쥐었지만 하야트가 말렸다.

괜히 저 여자까지 적으로 돌리면 우리만 골치 아파진다. 처리할 땐 하더라도 뽑아낼 건 마저 뽑아내야지.

"이곳이다."

그렇게 20여 분을 더 걷고, 목적지에 도착할 수 있었다. 때마침 옆에 입구도 하나 놓여 있었다.

"이 안에 있을 거다."

"카자흐란 놈은 그런 소란이 있었는데 밖으로 나와 보지도 않은 건가?"

"보면 알 거다."

아델하르트의 물음에 여자가 묘한 미소를 지었다.

그녀가 몸을 돌린 순간 내가 아델하르트에게 눈짓했다.

부웅!

핏빛 궤적이 여자의 목을 말끔히 절삭했다.

툭! 떨어진 머리를 보며 말했다.

"미안. 바벨토라니아에 소속된 이상 네가 무슨 짓을 할 줄 알고 살려 두겠어?"

키리코처럼 육체에 장난은 안 쳐 놨는지 되살아나거나 하는 일은 없었다.

우리는 잠금장치를 부순 뒤 강제로 문을 뜯어내고 안으로 들어갔다.

그리고 나를 제외한 모두가 인상을 구길 수밖에 없었다.

『침입자… 들인가.』

매끈한 나신의 여인이 허공에 떠 있었다.

문제는 그냥 떠 있는 게 아니었다.

전신에 온갖 기계 장치가 들러붙어 있고, 기계 촉수들이 모든 급소에 연결되어 천장으로 향해 있다.

그러나 그 모든 것보다 끔찍한 것은 하체였다.

살덩어리들이 역겨울 정도로 들러붙어 꿈틀거리고 있다. 두꺼운 녹색 핏줄이 혈액을 공급할 때마다 반대편에서 악취를 풍기는 체액이 쏟아졌다.

저 모습을 기억하고 있었다.

'레퀴엠의 악마.'

'신화의 잔재'가 차지할 몸뚱이였다.

이제야 알 것 같다.

샤보스에서 로제타에게 카자흐를 찾아오라고 한 인물이 누구인지.

내가 모르는 곳에서 이런 일이 벌어지고 있었구나.

이건 어쩔 수 없는 부분이긴 하다.

당시의 나는 메인 스트림을 최대한 파악하려 했지만 할 수 있는 게 없는 애송이 플레이어였다.

"이, 이걸 데리고 가야 하는 건가요?"

어떻게 해야 하나?

세 번째 메인 스트림이 틀어진 이상 네 번째라고 그 반동을 받지 않을 리가 없다.

더군다나 이것까지 내가 없애 버리면 혼돈 그 자체일 터.

그런 현실도 한번 겪어 보고 싶긴 하지만…….

'이건 유지토록 할까?'

굳이 연달아 망가트릴 필요는 없겠지.

"심장에 생명 장치가 있군. 저게 본체다. 외관은 그냥 더

미일 뿐이다."

하야트가 빠르게 카자흐의 구성 성분을 파악했다.

다가가 카자흐의 심장에 검을 꽂았다.

『때가 아닌데, 그냥 가져가는 건가.』

딱딱한 기계 음성을 계속 들을 생각은 없었다.

대꾸 없이 가슴 부분을 동그랗게 가르자 심장 형태의 은색 기계 장치가 나타났다.

"이걸 가져가면 될 겁니다."

"고마워요."

로제타가 두 손으로 카자흐의 심장을 받아 들었다.

"이제 다 끝인가?"

"예. 그만 가시죠."

"이 지겨운 곳도 안녕이군."

아델하르트는 후련한 얼굴로, 하야트는 약간 힘겨운 얼굴로, 로제타는 밝은 얼굴로 입구를 나섰다.

나는 아무도 쫓아오지 않는 복도를 보다가 입구를 나섰다.

"……."

한 남자가 껍데기만 남은 카자흐를 보고 있다.

그 옆으로 익숙한 곡도를 쥔 모험가가 다가왔다.

세토였다.

"이게 어떻게 된 일이지."

"보다시피. 감당할 수 없는 괴물들이 몰려왔다."

세토의 말에 남자의 눈에 끔찍한 귀화가 피어올랐다. 그는 주먹을 불끈 쥐고 파르르 떨었다.

바벨토라니아의 주인이라 할 수 있는 1급 과학자, 아즈마탄이 모두에게 명령했다.

"미완성 프로젝트를 발동하겠다. 이 세상에 끔찍한 재앙이 내려앉게 만들라!"

절반 이상이 소실된 바벨토라니아가 본격적으로 가동되기 시작했다.

세 번째 메인 스트림이-

지금 막 시작되었다.

9권에 계속

www.mayabooks.co.kr

www.mayabooks.co.kr